玄奘法師のメッセージ

小室　敏夫
KOMURO Toshio

文芸社

◇目次◇

はじめに

「玄奘《げんじょう》法師のメッセージ」・「西行の人生と桜」・「タイムスリップ」と他のいくつかの作品は、私が七十歳を越えてから書きました。あとの作品は六十代前半に書いたものを書き直したものです。

後半は主として中学校の教員として、私が授業で扱った作品の解説になっています。文学作品は読者それぞれの感性で読まれればいいに違いありませんが、しかし、こういうところまで読んでみたらおもしろいのでは、と思って提案しています。

これらの作品はほとんどの人が中学校や高校で習っています。しかし、これらの作品がどのように読まれてきたのかという疑念があったので、私の解釈を提示したいと思いました。もし学生時代に授業で読みとばすようにして扱われたりして、文学に理解を深める機会にならなかったとしたら、少しもったいないことです。私の解釈に異論があるとしても、どれもここまでは深めてもいい作品ではないでしょうか。

また、長年問題となってきている学校における評価のあり方については、評価や定期試験を単にランクづけに利用するのではなく、それらを生徒の学習意欲を高める積極的な機会に変えられないかと考えてきました。その試みも提案しています。

玄奘《げんじょう》法師のメッセージ

『般若心経《はんにゃしんぎょう》』は、玄奘法師が梵語《ぼんご》から中国語に訳した他の数多くの仏教の経典の中の一つ。その文章は読みやすいが、内容が不可解で、最近まで少しもピンとこなかった。

ところが、ある日「涅槃《ねはん》」のことばに目がとまり、そこに玄奘法師がひそかにこめたメッセージがあることに気がついた。その内容について説明する前に、玄奘法師の人物と、多くの困難を乗りこえて、彼が仏教の経典を中国に持ち帰ったいきさつを、資料によりごく簡単に紹介しておきたい。

玄奘　六〇二年―六六四年三月七日　玄奘は戒名　俗名は陳褘《ちんい》　諡《おくりな》は大遍覚

西遊記で有名な三蔵法師こと玄奘は、世上の仏典の誤りを正すため、国禁を破ってインドへ旅立った。幾多の困難を乗り越え、十七年に及ぶ歳月を費やし、玄奘は六百五十七部にものぼる仏典を携えて帰国する。当時、唐の国力は充実し、国威を外に向かって伸長しようとしていたことから、太宗はその帰国を喜んで迎え、あわせて仏典の翻訳を国家事業として援助することとなった。

『雁塔聖教序《がんとうしょうきょうじょ》　褚遂良《ちょすいりょう》』（シリーズ―書の古典―天来書院）解説より

『西遊記』は玄奘法師が書いた『大唐西域記』を題材の一つとして書かれた明代（一三六八～一六六二年）の長編小説。

玄奘法師の天竺《てんじく》行の概要は、『「般若心経」を読む』（紀野一義　講談社現代新書）で知ることができた。

それによると、玄奘法師の天竺行の著書は慧立《えりゅう》・彦悰《げんそう》著『大唐大慈恩寺三蔵法師伝』十巻があり、昭和五十三年、早稲田大学の長澤和俊氏が現代語訳された『玄奘三蔵―西域・インド紀行』（桃源社）があると紹介されていて、それを紀野氏が要約したものが掲載されていた。

旅の途中の広大な砂漠の中では、

> 死を覚悟しての旅である。夜は星のごとき火を見、昼は砂嵐に苦しめられつつ行くこと四夜五日、ついに人も馬も動けなくなった。水は一滴もなく砂のなかに伏して一心に観音を念じた。

それから、「伊吾《いご》」や「高昌国《こうしょうこく》」の王に接見したエピソードもあった。そして、そのあと、玄奘法師の一行が天山山脈を越えるときには、峠は万年雪におおわれていた。七日かかって、やっと北麓に出たが、十人のうち三、四人が凍死し、牛馬を失った。玄奘は天山の最も高峻《こうしゅん》の部分を越えたのである。

このような苦難の旅の様子が伝えられ、玄奘法師のインドへの旅がまさしく命懸けであったことがうかがえる。法師は体格にも恵まれた人だったらしく、この苦難が十分予想される長期間の旅に出る気になったのは、意志の強さばかりでなく、自分の体力にも自信があったからではなかったか。

ここでは、玄奘法師の旅を知ることが主目的ではないので、このくらいにしておきたい。

『般若心経』 色即是空　空即是色

『般若心経』は膨大な数にのぼる仏教の経典の内容を、わずか二六二字に凝縮した経典といわれている。これを理解すれば仏教の本質が見えてくるらしいのだ。

しかし、私は数年間この経典で毛筆の練習をしてきたが、その内容には少しも心を動かされなかった。字を書く練習に『般若心経』を使ったのも、覚えやすくていちいち字を見なくても書けるという理由からだった。とりたてて仏教に関心があったわけではない。

私はこれまでも、何か納得がいかないちょっとした疑問があって、ずっと頭の片隅から離れないでいると、数年ほどたってから、自分なりにでも解決するきっかけに巡り合う経験をしたことが何度かあった。だが、今回の『般若心経』については少しは気になっていたけれど、仏教の修行もろくにしない私が解らないのは当たり前だし、そんな無学な人間が何の努力もせずに解るほど、仏教は浅いものではないのだろうとずっと決めつけていた。

『般若心経』で納得がいかなかったのが、有名な「色即是空　空即是色」の部分だった。「色即是空」ということばは少年時代からラジオやテレビで聞いて知っていた。もちろんその頃は興味もなかったので、このことばになんの関心もなかった。そのあと成人してからも、たまたまこの経典の解説書を読んだり、テレビの宗教に関する番組などで聞いたりするようになると、「死後の世界」とか「悟りの境地」などのことばが出てきて、宗教独特の世界の話らしく思えたので、それ以上に関心の対象にはならなかった。

このようなときに手に取った『般若心経』の解説書に次のような説明があった。先に紹介した紀野一義氏の著書『「般若心経」を読む』にある「色不異空。空不異色。色即是空。空即是色。」の部分の訳だ。

> この世においては、物質的現象には実体がないのであり、実体がないからこそ、物質的現象で（あり得るので）ある。
> 実体がないといっても、それは物質的現象を離れてはいない。また、物質的現象は、実

体がないことを離れて物質的現象であるのではない。（このようにして）およそ物質的現象というものは、すべて、実体がないことである。およそ実体がないということは、物質的現象なのである。

そのあとに読んだ何冊かの『般若心経』の解説書も、だいたいこれと似たような訳し方をしていた。

ちなみに「涅槃」についてこの書では「永遠の平安」と説明されていた。これもなんだか説得力のない曖昧《あいまい》なことばだと思った。

ところで、この「色不異空　空不異色　色即是空　空即是色」の説明を読んで、その意味を理解できた人は今までいたのだろうか？

「あっ、なるほどそうだったのか。まったくそのとおりだ。解った。いやあ、これはすごい」となるだろうか。どう考えてもこの理屈は読めば読むほど解らなくなってしまう。これが禅問答というものなのか。こういった解説を読んでしまうと、それ以上考える気にもならないのは無理もないだろう。このような解釈をしている人たちは、自分自身でどこまで納得して解説しているのだろうか。

「物質的現象」は「実体がない」？

「実体がないこと」は「物質的現象」？

私はこういう説明をどう理解したらいいのか、あれやこれやと考えているうちにだんだん腹が立ってきて、それ以上深く考えないようにしていた。

ところが二年ほど前に、ある疑問が頭に浮かんだ。

「太陽の本名ってなんだろう？」

と。私たちは太陽というとすぐにイメージできる。でも、太陽は世界中でいろいろな名前をつけられていても、それらはすべて人間がつけた名前であり、本来太陽に本名などないことにあらためて気がついた。同じように地球も月も火星も、さらにあらゆる天体にしても人間が名づけただけで、もともとそれらの天体に名前はないのだ。星などはあまりにも多すぎて記号とか数字で名づけたりしている。

とにかく人間は知りえたものにはすぐに名前をつける。そうすることによって人間社会に取りこんだ気になっている。しかし、名前は人類だけに通用するもので、犬や猫やほかのあらゆる動物、木とか草とかのあらゆる植物、山や川、さらに人間自身にしたって、本来名前などないことを人は忘れている。それ以前に複雑な言語を使うこと自体が人間社会だけのものであり、さらには時間にしても人間社会の中で生みだされた観念なので、人間の社会以外には通用しないのだ。

それはなぜか、ごく単純に考えるとそれらは人間の社会以外には必要がないからだ。猫や犬が時間に追われて大急ぎ……などということはないのだから。

そもそも宇宙には言語も時間も物質も存在しない。たとえば太陽が他の天体の存在を知っているだろうか。宇宙のすべての天体には人間のような五感などない。だから、たとえ何億、何兆個の天体が宇宙に存在しても、それぞれ相互を認識する手段がないから、それは存在しないのと同じなのだ。

つまりこの世にはどこにも何も存在しないし、何も起こらないのと同じことなのだ。始めもなければ終わりもない。二つの巨大な銀河が衝突しようと、太陽が将来爆発してしまおうと、宇宙全体の物質にはまったく認識されない。だからこれらの現象は無意味なのだ。これが宇宙全体の姿だ。もちろん宇宙という認識も存在しない。

このことに気がついたとき、私は確かに『般若心経』は表現の仕方はともかくとして、宇宙の本質を見ぬいた優れた経典であると実感した。考えてみればこれはごく単純で明らかな事実で、だれもが納得する真理と言えるだろう。

ただこの宇宙には物質などを認識する主体が皆無《かいむ》に近いとわかったとして、その事実が人類にとってどんな意味があるのかという疑問を持たれるかも知れない。

現在天文学などで宇宙の成り立ちや、今後の宇宙のゆく末を研究したり、火星に探査機を送ったりする行為はムダなのか。確かに人類にとってそのような営みをすることは有意義なのかも知れないし、ある意味必然的な行為であるかも知れない。だが、人類は宇宙を見わたしているつもりでいても、それは単に人間の認識の世界の中の一部に過ぎないことを忘れている。

また、人類が地球上の生物の中で最も優れた存在だと認めているのは人間だけだ。「霊長類」ということばで人類を分類して、地球の頂点に人類が存在していると主張している。

だが、それがそもそもおかしいと気づかないでいること自体まちがっている。ほかの生物と違って五感を備えていて、ことばは話すし、道具は作るし、宇宙ロケットまで飛ばすのはやはり人間しかいないと自慢しているのは人間だけだ。実は他の動植物たちにとっては、人間の営みなどはどうでもいいだけのことなのだ。

人類が五感を与えられているということは、生物としての一つの個性に過ぎない。それも非常に危険な特徴だということは、核兵器をたくさん装備して、やっと平和を保っている現代社会を見ればわかる。核兵器は超大国が独占して、権力の象徴のようにその数を競いあっている。領土にしてもこの小さな地球の陸地をこまぎれに区切って、自分たちの領土だと角突きあわせることがどんなにつまらないことか。もともと地球は人類だけのものではないのだから。

涅槃

このように『般若心経』を見直しだしたある日、私は次に「涅槃」という字に目が留まった。

まず、「涅槃」という文字の意味を『広辞林』で調べると、

〔(涅槃)〕〔仏〕(本来は梵語。円寂・寂滅・滅度などと意訳する。)㈠心の迷いをたち切って、迷界に再生する業因《ごういん》を滅した境地。小乗ではこの境地を絶対の静止・空寂と解する。大乗ではこの境地は不生不滅であるとし、常・楽・我・浄の四徳を有しているとみる。㈡仏陀の死。

『広辞林』三省堂(第六版第四四刷　一九九八年一月)

また、『般若心経講義』(高神覚昇《たかがみかくしょう》　世界教養全集　平凡社)では、「涅槃」を次のように説明されている。


それは仏教における悟りの世界をいったものです。

即ち、涅槃の梵語は、ニイルヴァーナで、「ものを吹き消す」という意味です。(中略)要するに、私どもの迷いの心、「妄想」「煩悩」を吹き消した「大安楽の境地」をいうのです。

「寂滅を以て楽となす」すなわち寂滅為楽などというと、いかにも静かに死んでゆくこと、すなわち「往生」することのように思っている人もありますが、これはけっして、死んでしまうという意味ではないのです。(中略)古聖は、

「往生とは往き生まれることだ。仏法は死ぬ法を教えるのじゃない。死なぬ法を教えるの

だ。浄土へ往き生まれることを、教えるのが仏法じゃ」
といっていますが、ほんとうにそのとおりです。「往生」ということも、「涅槃に入る」ということも、決して死ぬのじゃなくて、永遠なる「不死の生命」をうることなのです。したがって、「往生」することが、成仏すなわち仏になることです。仏になることはつまり、無限の生命をうることなのです。

この説明に屁《へ》理屈を言わせてもらうと、そうはいってもここで説明されている「涅槃」は、人の死後の世界の話であることに違いないのであり、ものごとの結末を死後の世界に置くと、そこに論理の限界が出てきてしまう。どんなに修行を積んだ偉い人の解説であっても、確信できるような安心は得られないのだから。

こんなことを考えていたら、次にこの「涅槃」の文字そのものに関心が移ってきた。

「涅槃」のそれぞれの漢字の意味を漢和辞典で調べてみると、「涅」は「黒土、どぶどろ、黒く染める」とあり、「槃」は「木製のたらい、とどまって進まないさま」と、どちらも仏教の「涅槃」の境地を表すには似つかわしくない字が用いられているので、「ネハン」という音が元のことばに似ていたという理由だけで、この漢字をあてたと思われてきたのではないかと考えた。

しかし、しばらくして私は「涅」という字が三つの文字から作られていることに注目するようになった。この字はさんずいの水と日と土で構成されている。「水と日と土」、それは地球上のあらゆる生き物の生存のために欠かせない三要素であり、その環境の恩恵をもっとも受けている象徴的な存在は「木」ではないかと思いいたった。木の中には千年もの生命を持ち続けるものが存在する。そんなに長い命を保つ生き物は他にはないのだから。

次に「槃」という字を見ると、それは「木」だと答えも書いてあった。この「槃」の字の「木」の上に乗っている「般」の意味を辞書で調べると、「ものを運ぶ・ぐるぐる回る」とある。つまり「木を乗せて、ぐるぐる回っているもの」、それは地球そのものだ。玄奘法師の時代はまだ地動説だろうから、地球が回っているという発想ではなく、朝と夜が繰り返され、月と日が空を巡っていることを表したのだろう。

梵語の「ニイルヴァーナ」を「涅槃」と訳した玄奘法師が、「涅槃」とは「地球そのもの」と言いかえていたのだ。さらに人間の認識している地球は過去にでもなく、未来にでもなく、今、この瞬間にのみ存在しているのだ。だから「涅槃」の存在する場所は「今、この瞬間の地球」にあるということになる。どこか苦行を重ねて悟りを開き、死後に行きつく究極の場所ではないと言うのだ。

私たちが「今、この瞬間を生きる」ことに一大事が存在し、それは現在生きている人にしか経験できない稀有《けう》の瞬間なのであり、「涅槃はそこにしかない」と玄奘法師は主張していたのだ。

もともとの「涅槃」の意味は『広辞林』の説明の通りなのだろう。しかし、玄奘法師が梵語の「ニイルヴァーナ」を「涅槃」と訳して、このことばの意味を変えてしまっている。いったいなぜ玄奘法師はこのように、もとの意味から「涅槃」のありかを「地球上の今、この現在という瞬間」に変えたのか。

それは玄奘法師自身正しい仏教を中国に招来するという人生の大きな目標に向けて、まさに命をかけて広大な砂漠という過酷な極限状態の世界を長期間さまよっていたときに、ふとひらめいたものがあって、「涅槃」とは死後の世界にあるのではなく、玄奘が自ら志を立てて苦難の道を邁進《まいしん》している「今、この瞬間の自分の心境」こそが「涅槃」なのであり、それを体感できる場所はこの世界にしかないと確信したからではなかったか。

その強い信念があったからこそ、そのあとの人生のすべてをかけて膨大な仏典の翻訳に費やすことができたのだろう。その行動はあくまで自分自身の信じた「涅槃」を体現することが第一の目的であり、それを実践することで、「涅槃」の存在の確かさを証明してみせることになったのだ。

先日、座禅の修行をする、ある禅寺の様子をテレビ番組で放送していた。中には外国からやってきて、その寺で暮らしている若い人も何人かいた。座禅を組んで「空」の境地をめざし、自分の生き方を真剣に求めてこられたのだろう。

でも、何年修行を重ねても「空」というものがどんなものか確信できないようなのだ。だからいまひとつ座禅で安心を得ているというふうには見えなかった。遠い国からやってきた一人の若者が修行をあきらめて国に帰っていく姿もあった。もし、玄奘法師の「涅槃」に込められた「今、この瞬間をどのように充実させていくか」という明確なテーマを持って、人生を主体的に生きるのが修行だと気がついていたら、あの若者も修行を続けることができたのではなかったか。

ところで、「涅槃」が「今、この瞬間の地球に存在する」というと、ともすると人は、「なんだ、ただそれだけのことか。そんなことはわかりきったことで、たいしてありがたみもないではないか。わざわざ『涅槃』などと大げさではないか」

と考えるかも知れない。でも、本当にわかりきったことだろうか。そうではないと思う。自分が何のために生きているのか。何をして生きていったら満足できるのか。このような根本的な問題に迷いながら時を過ごしてきた人が、玄奘法師の「涅槃」の意味を知ることによって、日常の行為の真の価値を認識し、与えられた時間をより積極的に生きるようになるのではないか。

たとえば、画家が自分の求める世界を描き続けることに人生をかけたり、陶芸家が多くの作品を壊してまで一つの作品にこだわったりする行為。また、スポーツや囲碁や将棋の世界に打ちこむ人たちの存在。それらは玄奘法師の「涅槃」を体感しているからこそ、飽くことなく粘り強く自分の道を進んでこられたのではなかったか。ただそれらの行為が「涅槃」の世界を体感している行為と認識してこなかっただけなのだ。

「涅槃」は別にとりたてて何かに優れた人のみの心境ではなく、生を受けているすべての人にとって、「自分の存在理由を求めて活動している状態」そのものが最上の生き方だと玄奘法師は教えているのだ。つまり「今という瞬間」を一人の人間として成長しながら自由に生きていくことの喜びを体感すること以上の「涅槃の境地」はないと言うのだ。

私はこのようにして「色不異空　空不異色　色即是空　空即是色」の意味が宇宙の本来の姿を表していて、さらには「涅槃」に玄奘法師のメッセージがこめられていたことを知ることができた。

この「涅槃」の存在に気がついたときから、私は残された人生の方向性に不安を感じることが少なくなってきた。長年続けてきた仕事にこれからも時間を使うことが、今の自分にとって最善の生き方だと思えるようになった。自分の身近に「涅槃」は存在し、それを体感するのは自分次第だと思うと、仕事に気持ちが集中し、今までより丁寧に継続的に仕事をするようになってきた。

私の好きなテレビ番組の一つ、毎年秋に行われる「日本伝統工芸展」で受賞しているどの作品を見ても、それぞれの匠《たくみ》の技のすごさに目を奪われ感嘆してしまう。その人でなければ実現できない「今を生きる」確かな営みの成果を感じることができた。

でも、私が『般若心経』を自分なりにでも理解したからといって、「死」を恐れなくなったなどとは言えない。ただ、死を怖がる時間を最小限にして、玄奘法師の「涅槃」にこめた理念を信じ、「今を生きる」ことのありがたさを意識しつづけて活動していくこと自体に価値があると思えるようになったのは確かだ。

地球上の全財産の約四十パーセントを、わずか全人口の一パーセントの富裕層が占めているという話を聞いた。多くの人間が貧困に苦しむのも無理もない。世界は経済最優先で進み、国同士がいがみあい、人々がそのために日々右往左往しているのも、金銭欲を超える人としての確かな価値観が見つけられないからではないか。

こういう世相だからこそ生きるための一つの大きな目標として、玄奘法師の「涅槃」にこめたメッセージに気づくことが人々に求められるのではないだろうか。

太陽系の中で地球以外に五感を備えた人類のような生物は見当たらないことははっきりしている。さらに天体望遠鏡などで宇宙の遠くまで観測しても、人類に似た生物が生息していると思われる天体は見つかっていない。人類と同じような生物が存在している可能性は高いそうだが、高性能の宇宙船でも開発されない限り交流することはできないだろう。

そのことを考えても、地球という天体が実に稀有《けう》な存在であることを人類は身に染みて感じなくてはならない。そこに生存して大自然の中で太陽の光を浴び広大な海に恵まれ、無数の動植物に囲まれて生きるこの世界が「涅槃」でなくてなんだろう。

私たちは「今、この瞬間」を生きる機会に恵まれている。つまり、それは心がけしだいで

「涅槃」を実現するチャンスが常に与えられているということだ。「今という時間」を自分を成長させるために未知の具体的な課題を見つけ、それに果敢に挑戦していこうとする心がまえの継続の中から、「自分が涅槃の世界に確かに存在している」という充実感が生まれてくるのだ。

長澤 和俊（ながさわ かずとし）

一九二八年（昭和三）二月二十八日―二〇一九年（平成三十一）二月二十三日。日本の東洋史学者。専門はシルクロード史。『大谷探検隊』『世界探検史』『玄奘三蔵』『シルクロード』『三蔵法師の歩いた道』など。

高神 覚昇（たかがみ かくしょう）

一八九四年（明治二十七）十月二十八日―一九四八年（昭和二十三）二月二十六日。僧、仏教学者。真言宗。大谷大学で西田幾多郎《にしだきたろう》に哲学・宗教学を学ぶ。宗教家・仏教学者の友松円諦《ともまつえんたい》とともに仏教の大衆化をはかった。『般若心経講義』『生き方を考える本』『密教概論』『高神覚昇選集』。

ねがはくは花の下にて春死なんそのきさらぎのもち月の頃　西行

ねがうことなら、桜の花の咲く下で春に死にたいのだ。その二月十五日の満月のころ、それはお釈迦さま入滅の日のころなのだ。

『日本の古典　11　和泉式部・西行・定家』（宮柊二　河出書房新社　一九七二年）

この歌は西行が七十歳（文治三年）のときに、藤原俊成《ふじわらのしゅんぜい》に見せ、その三年後の七十三歳（文治六年）旧暦二月十六日に河内国石川郡弘川寺《ひろかわでら》で亡くなったので、そのことが「悟達《ごだつ》の人を身近にいた」と当時の人々の驚きとなり、俊成やその周囲の歌人たちにも感銘を与えることになった。

西行は花鳥風月を愛し、多くの和歌に詠みながら生きた人だ。その人が好きな桜にふさわしい季節に亡くなったので、西行の生き方が伝説として後世に名を残すきっかけとなったのがこの歌だということだ。でも、私はこの歌がそれだけの意味しか持たないのなら、かえって別になんということもない歌だと思っていた。

ところが、辻邦生《つじくにお》氏の論文に出会って、この歌はそんな底の浅いものではないと気づかされた。

辻氏は『時間の地平の中の西行』（『国文学　古歌を読む』第二十九巻二号　学燈社　一九八四年）の論文のなかで、「時間」について述べられている。その一部を抜粋《ばっすい》すると、

自然には懐胎《かいたい》期間とか開花・結実期間とかのように一定のまとまった持続《デュレ》があることに気づいた。（中略）時間とは本来、物の動きと一つに織りこまれていたのに、それを捨象して、計量的抽象的性格とした。

そして、冒頭の西行の歌について、

この歌の根底にあるのは、人間の一生を五十歳、六十歳というように計量的時間尺度で測る時間意識ではなく、いわば無時間的な、物に織りこまれた持続《デュレ》を生きる意識である。「花の下にて春死なん」というのは、単に美しい映像を死に重ねるというだけではなくて、身体と一つに織りこまれた持続《デュレ》が、別個の、花の映像で象徴されるごとき宇宙に、織り込まれてゆくさまを示している。ここでは「死」は人の生涯というものの、成熟と変容であり、生命の終わりとしての死滅ではない。

さらに、

> 待つにより散らぬ心を山桜咲きなば花の思ひ知らなん　西行
>
> 心を散らさずにいるとは、春さきの冷たい風、野辺の早春のたたずまいを生き、ひたすら自然のなかに流れこむ春の息吹きに思いを凝らしていることだ。待つとは、西行にあっては、こうした開花へ向ってゆく成熟過程を生きることであって、その刻一刻が桜の開花と切りはなせない。

たしかに西行には好きだった桜の季節に生涯を終わりたいという願いがあったのだろう。だが、この歌の本質は満開の花を咲かせるためにその木がたどってきた道のりと、その仕上げとして満開の花びらを咲かせきろうとする桜の生き方を、西行自身の人生に重ねあわせているところにある。「今、この瞬間」という何にも代えがたい時間を、和歌づくりを通して日常を積みかさね、人生の集大成として完結する、そんな生き方をしたいというのだ。

この辻氏の解説を知ったおかげで西行という人の生き方を再認識し、自分の生き方の大事な手本として意識していこうと思えるようになった。だから、何か事が起こったときや西行自身の出家に関して詠んだ歌ではなくて、平凡な日常の中からふと詠まれた歌に現代に生きている私は共感できる。それらの歌が日々実際に経験している季節感と重ねやすいからだ。

西行の生きた社会は歴史上まれな動乱の時代であった。西行の平穏に見える日常がいかに異常な世相に覆《おお》われていたのかを知るために、次に彼の生きた時代の流れも見ておきたい。

西行、俗名佐藤義清《のりきよ》の生きた時代は、まさしく源氏と平氏による数十年にわたる権力闘争の開始から終焉《しゅうえん》までをまるまる包みこんでいることがわかる。そのことを『西行と兼好』（風巻景次郎　角川選書　一九六九年）の年譜の中からいくつか抜粋させてもらいながら、そこに、自然災害の記録を『平家物語』から、また、この時代に誕生した後世に名を残した人物も参考に何人か挿入《そうにゅう》してまとめてみた。

一一一八年（元永元）　誕生　父、康清〔平清盛誕生〕〔四年前に藤原俊成誕生〕
一一一九年（元永二）　二歳〔崇徳《すとく》天皇誕生〕
一一三三年（長承二）　十六歳　十五、六歳で徳大寺実能《さねよし》の随身となる。やがて鳥羽院北面の武士として仙洞に勤仕。〔法然誕生〕
一一三六年（保延二）　十九歳　西行、このころ崇徳天皇土御門内裏での歌二首
一一四〇年（保延六）　二十三歳　西行、十月十五日出家
一一四七年（久安三）　三十歳〔頼朝誕生〕
一一五三年（仁平三）　三十六歳〔鴨 長明《かものちょうめい》誕生〕

一一五六年（保元元）三十九歳　保元の乱　藤原頼長《ふじわらのよりなが》挙兵
一一五九年（平治元）四十二歳　平治の乱
一一六〇年（永暦元）四十三歳　三月、頼朝伊豆に流さる
一一六一年（応保元）四十四歳　〔藤原定家誕生〕
一一六四年（長寛二）四十七歳　八月二十五日、崇徳院、讃岐《さぬき》にて崩御（46歳）
一一六五年（永万元）四十八歳　七月二十七日、六条天皇即位
一一六七年（仁安二）　五十歳　二月、平清盛太政大臣に任ず
　十月、西行、行脚《あんぎゃ》にでて、備前児島より讃岐に渡り、崇徳院白峯《しらみね》御陵に詣で、弘法《こうぼう》大師誕生の地、善通寺を訪れる
一一六八年（仁安三）五十一歳　三月、高倉天皇即位
一一七一年（承安元）五十四歳　清盛娘徳子（15歳）女御となる
一一七三年（承安三）五十六歳　〔親鸞《しんらん》誕生〕〔明恵誕生〕
一一七七年（治承元）　六十歳　三月、平重盛内大臣に任ず
一一七九年（治承三）六十二歳　七月、平重盛卒《そっ》す
一一八〇年（治承四）六十三歳　二月、安徳天皇即位
　四月二十九日、「つじかぜの事」（『平家物語』）
　五月、源三位頼政、以仁王を奉じて挙兵

六月、福原遷都
八月、頼朝挙兵
西行、以後六年間伊勢の山田二見に寓《ぐう》す
一一八一年（治承五・養和元）六十四歳　正月、高倉上皇崩御（21歳）
閏《うるう》二月、平清盛卒す（64歳）
一一八四年（元暦元）六十七歳　正月、木曽義仲戦死す（31歳）
十月、頼朝鎌倉に公文所・問注所を置く
一一八五年（元暦二）六十八歳　六月、平宗盛父子、鎌倉より京都に護送される
七月九日、「大地震の事」（『平家物語』）
十一月、守護地頭を置く
一一八六年（文治二）六十九歳　義経、藤原秀衡に投ず
西行、東大寺再興の沙金勧進のため奥州行脚に
八月十五日、鎌倉にて頼朝に謁す
十月十二日、平泉着
一一八七年（文治三）　七十歳　西行、京都に帰還
十月、鎮守府将軍藤原秀衡卒す
一一八九年（文治五）七十二歳　閏二月、頼朝、奥州の藤原泰衡を伐《う》つ

一一九〇年（建久元）七十三歳　二月十六日、西行、弘川寺で示寂
　　　　　　　　　　　　　　　十一月、頼朝参朝す

この間、西行がなんらかの関係のあった主な皇室や殿上人や歌人たちを並べてみる。

崇徳天皇、鳥羽上皇、徳大寺右大臣実能、待賢門院、待賢門院堀河、藤原頼長、徳大寺右大将公能、侍従大納言成通、信西妻紀伊二位局、寂然、西住、後白河院、上西門院、慈円、俊成、定家、家隆、寂蓮、隆信、公衡、平清盛など。

このように、西行は出家したあとも、政治の中枢《ちゅうすう》やその周りにいる人たちと接触し続けていることから、高野山で修行した日々が長かったとしても、出家によって世を捨てたとは思えない暮らしぶりだったことがわかる。

「（西行は）家富み年若く心に愁ひなけれども、遂に以て遁世《とんせい》す、人、之《これ》を嘆美《たんび》する也《なり》」

これは、藤原頼長の日記『台記《たいき》』にある記事だ。

西行の生涯は、ほとんどが京、高野山、伊勢で暮らし、さらに、四国や九州、関東、奥羽までのあわせて三年にわたる旅に費やした。

『平家物語』では源平が互いに何万もの兵士によって、勝敗を決するいくつもの壮絶な合戦がくりひろげられ、また、そこで生き死にする多くの人間の運命が描かれているが、当事者たちは戦がない日常でも、いかに敵をあざむき裏をかいて圧倒するか、といったことばかりに頭を

巡らして生きていたのだろう。

さらには『方丈記』にあるように、都に限らず全国的に何度も天災に襲われて、人々の不安をいっそうかきたてたに違いない。大きな火災や大地震や洪水に遭ったりするたびに、家屋が失われ多くの死人も出て、その復興にかかる時間や労力も並大抵のことではなかったことは、現代の各地の自然災害の状況を見れば想像に難くない。

それに輪をかけて、戦があると多くの家屋が焼かれ、飢饉《ききん》や流行病で餓死者が河原を埋めつくすように放置されていたというから、当時の人たちは地獄の世界を現世に見る思いで、恐怖におののく日々でもあっただろう。

社会が根本からめまぐるしく崩れていくなかで、西行は自分の周囲で展開するあさましく信じがたい世相を見せられて、本能的に自分の住む世界はここにはないという意識から、武士をやめて出家の道を選んだのかもしれない。仏教の世界に生き方を求めたというよりは、とにかく武士であることを放棄したかったというのが本音だったのだろう。

西行は名誉や地位や蓄財には関心を示さず、ただ、桜の木が一年をかけて春に満開の花を咲かせるように、歌によって自分の人生を見定め、歌の花びらを満開に咲かせることで完了させる、そんな生き方にあこがれるようになったのではなかったか。

ここで、いくつか自身の出家について詠んでいる西行の歌をあげてみると、

惜しむとて惜しまれぬべきこの世かは身を捨てゝこそ身をも助けめ
空になる心は春の霞《かすみ》にて世にあらじとも思ひたつかな
世の中を背《そむ》き果てぬと言ひ置かん思ひしるべき人はなくとも
捨てたれど隠れて住まぬ人になれば猶《なほ》世にあるに似たるなりけり
数ならぬ身をも心のあり顔に浮かれては又帰り来にけり
世の中を捨てて捨てえぬ心地して都離れぬ我が身なりけり
世を捨つる人はまことに捨つるかは捨てぬ人こそ捨つるなりけれ

これらの歌は、出家を志したことの後悔というより、なんだか言いわけを並べているように思えてしまう。当時の出家者は恋の歌など作っても別にかまわなかったのかどうかわからないが、『新古今和歌集』に西行のいくつもの恋の歌が撰ばれている。こうした事実からも、自分は武士であることに日頃から抵抗があって、そこから逃れる手段として出家の道を選んだという意識が伝わってくる。

今の世の中なら、さしずめ作家をめざしたという感じではなかったか。当時は文学の主流は和歌であり、西行は藤原俊成のように和歌の世界に進みたいという思いが出家の動機の一つだったのではないか。

また、西行は鳥羽院の北面の武士としてつかえ、その子の崇徳院とは同年代で歌の方でも交流があったので、跡取りを「叔父子《おじこ》」と呼んではばからない、その親子関係のあまりにもゆがんだつながりを間近で見ていた。このどうにもならない無残な宿命を抱えた一歳年下の崇徳院の苦悩する姿も、西行の出家の動機になったのかもしれない。

ここで、特に鳥羽上皇と崇徳天皇の確執《かくしつ》の根の深さがうかがえる部分のみを、『日本の歴史6　武士の登場』（竹内理三　中央公論社）から引用させてもらう。

（白河）法皇は、この璋子《しょうし》を鳥羽天皇の中宮として入内させた。待賢門院《たいけんもんいん》という。ときに一一一八年（元永二）正月のことである。天皇は十六歳、璋子は十八歳であった。翌年六月二十八日、皇子が誕生して顕仁《あきひと》と命名された。しかし『古事談』鎌倉初期の説話集、源《みなもとのあきかね》　顕兼編には、この皇子顕仁についてつぎのような話をのせている。

「待賢門院（璋子）は白河院御猶子《ごゆうし》（養子）という資格で入内せられた。その間に法皇（白河）は密通せられた。これはだれも知っていることだ。崇徳院（顕仁親王）は白河の御胤子という。鳥羽院もその由ご存じで、叔父子とよんでおられた」（中略）

当時の人々は美しきものを異常に愛した。だから鳥羽天皇は、叔父子の事実を知りながらも待賢門院とのあいだに四皇子二皇女をもうけた。白河法皇は、おのれの胤子顕仁親王が鳥羽天皇の即位したときと同じ年齢に達すると、天皇の位につけた。崇徳天皇である。

こうした白河法皇のやりかたにたいして、鳥羽天皇が不満を感ずるのは当然であろう。

だが祖父と孫とではあまりにも年齢の差がありすぎる。白河法皇の生存中は手も足もでない。こうして白河専制はつづけられた。しかし崇徳天皇が十歳に達して元服の式を行ない、ようやく一人前になろうとした年、白河法皇は病没した。一一二九年（大治四）のことである。鳥羽上皇は直ちに院政を開始した。（中略）

白河院政にたいする反動の第二は待賢門院とのあいだの冷却である。すでに白河法皇の末年に、上皇と待賢門院が不和であるとのうわさが廷臣のあいだに流れていた。

待賢門院と上皇とのあいだの疎遠は、贈太政大臣藤原長実《ながざね》の女得子《とくし》が入内するにおよんで決定的となった。得子は院号を美福門院《びふくもんいん》という。その美貌の噂を耳にされた鳥羽上皇が召され、一一三九年（保延五）には皇子躰仁《なりひと》を生んだ。すると上皇は、誕生三ヵ月後には立太子の儀を行ない、一一四一年（永治一）には崇徳天皇をだまして位を三歳の東宮にゆずらせた。近衛天皇である。『愚管抄』に、鳥羽上皇は崇徳天皇には弟にあたる躰仁親王を天皇の子として譲位あるべしとすすめたので、崇徳天皇も、それならばと承諾して位をゆずった。譲位の宣命《せんみょう》には皇太子と書かれているであろうとばかり思っていたところ、皇太弟と書いてあった。皇太弟では譲位後の崇徳は院政を行なえない。崇徳天皇はこれを遺恨とせられて保元の乱の一因となったと述べている。

崇徳天皇が叔父子でありながら在位十九年におよんだのは、鳥羽上皇が待賢門院腹でない皇子の誕生を待っていたためである。その心情を崇徳上皇は洞察することができなかったのである。

白河法皇の執念深さは子の堀河天皇をさしおいて国政に関与し、孫の鳥羽天皇にも悪影響を与えて、死ぬまで権力にこだわり続けたことでもうかがえる。その災いは摂関家の藤原氏にも及び、これならひと騒動でも起こらなければすまないだろうと、かえって納得してしまう。ここから保元の乱以後の長期にわたる内乱の芽が出はじめたと言ってもいいだろう。

さらに『日本文学の歴史5』「愛と無常の文芸」杉山博編（角川書店　一九六七年）によると、

西行の情《こころ》に、深く影響した人がある。その人は崇徳院。鳥羽院の第一皇子で待賢門院璋子が生んだ。だがその父鳥羽院は、美福門院得子が保延五年（一一三九）に生んだ第八皇子に、その情をそそいだ。ついに崇徳天皇は強制的に位を譲らされるはめにあう。近衛《このえ》の新帝、ときにまだ三歳。実権は依然として鳥羽院の掌中にある。かねてから父と反目しあっていた崇徳院の不満はさらに鬱積《うっせき》する。崇徳院の悲劇は深まり、これがのちに、鳥羽院死去のとき爆発して、保元の乱の一因となった。

崇徳院における悲劇性の深まりは、西行の鋭敏な肌に痛いまでに感じられていたはずだ。徳大寺家との深い関係もある。ほぼ年齢も同じ。歌をなかだちに心もかよわせた、院と西行のあいだには、とりわけ深く親愛の情がかよったことであろう。西行出家の背景には、こうした宮廷・貴族社会内部に鬱々《うつうつ》とした空気が流れていた。彼の出家が、躰仁親王生誕の翌年であったことはたんなる偶然とは思われない。

保元元年（一一五六）七月二日、鳥羽院が没する。ときに西行は三十九歳。葬送の夜、西行は高野山を降りてくる。院との浅からぬ因縁《いんねん》に感慨をもよおし、歌一首を献上する。

今宵こそ思ひ知らるれ浅からぬ君に契りのある身なりけり

同じ月の十日、保元の乱が起こった。都にあって、西行はつぶさに戦いの状をみつめる。戦いに敗れた崇徳院が、仁和寺《にんなじ》北院に移って出家したと聞いて、急遽参上する。

かかる世に影も変らず澄む月を見るわが身さへ恨めしきかな

崇徳院の悲劇的な宿命を院とともに嘆き、悲劇的な時代の変転を目《ま》のあたりにした悲しみをうたっている。その二十三日、院はついに讃岐（香川県）へ流され、下って長寛二年（一一六四）八月二十六日、讃岐の地で没した。四年のちの仁安《にんあん》三年（一一六八）、西行は御陵に詣でている。

よしやきみ昔の玉の床《ゆか》とてもかからむ後は何にかはせむ

白峯御陵（香川県坂出市青海町）に詣でた西行は都にありし日の御座所をむなしく思い描きながら、もはや往生をとげてやすらぎを得た院の菩提《ぼだい》を、しずかにとぶらうのである。

西行は晩年に自分の作った歌を『山家集《さんかしゅう》』はじめいくつかの家集にまとめた。それは前にも書いたように、西行自身を一本の桜と見立てて、和歌という花びらを生涯をかけて紡《つむ》いで見せる「満開の西行桜」の実現だったのだろう。人の生涯は大きな節目だけにあるのではなく、桜の花びらの一枚一枚が目立たないように、日常の何気ない平凡な無数の日々の連続の中にこそ生きた証があることを教えている。

ここで、西行の最晩年のエピソードも、『思想読本「西行」』（目崎徳衛・編　法蔵館　一九八四年）から紹介しておきたい。

入寂前年の文治五年（一一八九）、老西行は壮年の慈円を訪ねて叡山の無動寺《むどうじ》へ登り、そこから展望される湖上の風光にいたく興をそそられ、一首を詠《よ》んだ。

にほてるや凪ぎたる朝に見わたせば漕ぎ行く跡の浪だにもなし

にほ…鳰《にお》の海＝琵琶湖

慈円の家集『拾玉集』によれば、この時西行は、「今は歌と申すことは思ひ絶えたれど、結句をばこれにてこそつかうまつるべかりけれ」と言ったという。生涯を数奇《すき》の道に捧げた西行が古来稀なる七十の坂を越え、いまは詠むべき事は詠みつくしたという自足の心境に達して、その生涯の締めくくりの作をここで詠もうというのである。

最後に『山家集』の中の何首かを選んでみた。何もしなければ忘れてしまいそうな日々も確かに生きたという証として歌をまとめ、その歌を詠んだその日その時の心情がよみがえってくる、そうした自然に包まれて過ごした日々の積み重ねの総体こそが自分にとって何物にも代えがたい人生であったことを西行は確認しているのだ。

山ふかく住み侍りけるに、春立ちぬと聞きて
山路こそ雪のした水とけざらめ都のそらは春めきぬらむ
春のほどは我がすむ庵の友になりて古巣な出でそ谷の鶯
花の歌あまたよみけるに
おしなべて花の盛に成りにけり山の端ごとにかかる白雲
白河の春の梢のうぐひすは花の言葉を聞くここちする
時鳥まつ心のみつくさせて聲をば惜しむ五月なりけり
つくづくと軒の雫をながめつつ日をのみ暮らす五月雨のころ
水辺納涼といふことを、北白河にてよみける
水の音にあつさ忘るるまどゐかな梢のせみの声もまぎれて
まどゐ…団らん
五月雨

さみだれの頃にしなれば荒小田に人にまかせぬ水たたへけり
　木陰納涼といふことを人々よみけるに
けふもまた松の風ふく岡へゆかむ昨日すずみし友にあふやと
　題不知
道の辺の清水ながるる柳蔭しばしとてこそ立ちどまりつれ
　題しらず
山里の人もこずゑの松がうれにあはれに来ゐる時鳥かな
　うれ…木の枝の先端
よられつる野もせの草のかげろひて涼しくくもる夕立の空
　よられつる野もせの草…暑さでよれよれになった原野の草
山里のはじめの秋といふことを
さまざまのあはれをこめて梢ふく風に秋しるみ山べのさと
わづかなる庭の小草の白露をもとめて宿る秋の夜の月
　秋ものへまかりける道にて
　もの…ある所
心なき身にもあはれは知られけり鴫《しぎ》たつ澤の秋の夕ぐれ
　心なき身…ものの情趣を感じる心のない出家したこの身

田家秋夕
吹き過ぐる風さへことに身にぞしむ山田の庵の秋の夕ぐれ
月前紅葉
木の間もる有明の月のさやけきに紅葉をそへて詠めつるかな
月に寄せておもひを述べけるに
世の中のうきをも知らですむ月のかげは我が身の心地こそすれ
秋の末に法輪寺にこもりてよめる
山里は秋の末にぞ思ひしる悲しかりけりこがらしの風
暁落葉
時雨かとねざめの床にきこゆるは嵐に堪へぬ木の葉なりけり
題不知
おも影の忘らるまじき別れかななごりを人の月にとゞめて
物思へどかからぬ人もあるものをあはれなりける身のちぎりかな
暁の嵐にたぐふ鐘の音を心の底にこたへてぞきく
たぐふ……いっしょに

辻邦生（つじ くにお）
一九二五年（大正十四）九月二十四日―一九九九年（平成十一）七月二十九日。日本の小説家・フランス文学者。元学習院大学教授。東京大学文学部仏文学科卒業後大学院へ。一九五七年（昭和三十二）よりパリ大学に留学。ヨーロッパ各地を旅行する。
最初の長編小説『廻廊にて』が近代文学賞。そのあと、『夏の砦』、『霧の聖マリ―ある生涯の七つの場所1』、『夏の海の色』。長編小説『安土往還記《おうかんき》』で文部省芸術選奨新人賞。『西行花伝』で谷崎潤一郎賞受賞。その他数多くの著書がある。

宮柊二（みや しゅうじ）
一九一二年（大正元）八月二十三日―一九八六年（昭和六十一）十二月十一日。本名、宮肇《はじめ》。新潟県魚沼市から二十歳で上京、新聞配達店に住みこみで働きながら北原白秋に弟子入りした。一九三五年『多磨』創刊に加わる。一九三九年、召集され大陸に出征。終戦後、一九四六年、第一歌集『群鶏』刊行。一九四九年『山西省』。日本芸術院賞など多くの賞を受賞。

風巻景次郎（かざまき けいじろう）
一九〇二年（明治三十五）五月二十二日―一九六〇年（昭和三十五）一月四日。国文学者。『中世の文学傳統―和歌文学論』『式子内親王評釈』など。

タイムスリップ…未来から現在へ

以前、タイムスリップについて考えたことがあった。

タイムマシンを作って過去や未来に行くことは、理論上は可能でも現実には難しいという話だ。しかし、ここではそういった話ではなく、もっと現実的で人の生き方に役立つタイムスリップについての話になる。

私は中学校の教員をしていた四十代後半のころ、自分が定年を迎えて教壇を去ったあとに、「もう一度でいいから教壇に立って授業をしたい、生徒と語りあいたい、と思う日がきっと来るに違いない」

と気づいた。そこで、定年後の自分がもう一度教壇に立ちたいと思ったその日から、現役である今の自分にタイムスリップしたと意識して暮らすのはどうだろう。今ならそれは実行可能だし、自分のこれからの生き方にも役立つはずだと思った。

さらに、過去の自分についても、中学時代の自分が今の生徒たちの中にいると仮定して、その生徒は教員である自分に何をしてもらいたいと思うだろうか、とも考えるようになった。

無残な中学時代の自分が学校に向けていた不満の数々。もちろん、そのほとんどは自分の怠慢に原因があると認めるにしても、当時の大人たちももう少しやり方があっただろうにと、ずっと悔しい気持ちでいた。それを立場が逆になった教員としての自分が学生時代にやって欲しかったことを、今の生徒に向けてやってみることにしたらどうかと考えた。

このことを思いついてから退職するまでの十数年間は、ずっとそのことを意識して過ごしてきた。

私のタイムスリップは自分の人生に役立てることができたと言える。その時の自分と未来から戻ってきた自分と、二倍楽しめたと思っている。その間いろいろな失敗をして後悔することがいくつもあった。でも、私は老齢をむかえた今、自分の教員時代を自分なりに満足していられるのも、このタイムスリップの経験をしてきたからだ。

私は授業を通して生徒たちと暮らした日々を、時を忘れて過ごすことができた。幸せな毎日だった。いつもキラキラと輝いた若い光の群れが、私の目の前を通り過ぎていくような気がしていた。

行間に家族への愛　「河口さんの手帳」

日航機事故　一九八五年八月十二日に起きた日本航空123便墜落事故のこと。墜落場所は、群馬県多野郡上野村《うえのむら》にある高天原山《たかまがはらやま》（御巣鷹山《おすたかやま》の南）の尾根。乗員乗客五二四名のうち死亡五二〇名を数える大惨事となった。「御巣鷹山航空機墜落事故」とも呼ばれる。

最初に、河口博次さんの手帳に遺された文章を掲載する。

マリコ、津慶、知代子、どうか仲良くがんばってママをたすけてください。パパは本当に残念だ、きっと助かるまい　原因はわからない　今5分たった　もう飛行機には乗りたくない　どうか神様たすけてください

きのうみんなと食事したのは最后とは　何か機内で爆発したような形で煙が出て降下しだした　どこえどうなるのか　津慶しっかりた（の）んだぞ

ママ　こんな事になるとは残念だ　さようなら　子供達の事をよろしくたのむ　今6時半だ、飛行機はまわりながら急速に降下中だ　本当に今迄は幸せな人生だったと感謝している

平成十七年が日航機事故から二十年になるということで、追悼式典が行われ、マスコミでも大きく報道された。

　私がここで考えようとしているのは、日航機事故の際にその事故機に搭乗されていた河口博次さんのこの遺書だ。この文章は事故の数日後に河口さんの背広の内ポケットの中から無傷で見つかった手帳に書かれていた。当時の新聞で直接読まれた人も多くおられることだろう。

　私も手帳に書かれた河口さんのことばを新聞で読み、驚いて何度も読み返した。しかし、最初のうちはこんな命がけのせっぱつまったときに、家族に向けてことばを残せるなんてすごいことだとしか考えられなかった。

　そのあと、これは授業で生徒に読んで聞かせなければと思うようになった。この河口さんの心境をできるだけきちんと伝えるにはどうしたらいいのだろうかと思い、何度も読みかえした。そして、読むうちにこの文章に託した河口さんの気持ちが少しずつ見えてきた。まず河口さんには申し訳ないけれど、この文章にある異常があることに気がついた。乗っている飛行機が落ちるという最悪の状況だから、文章が混乱しても少しもおかしくないのだが、河口さんの文章にはその異常さに一つの規則性があった。そして、その規則性の意味を考えていると、この行間に重大な河口さんの心の揺れ動きが潜んでいることに気づくようになった。

そこで、この文章の行間の河口さんの心の動きを理解するために、その特徴と思われる点を次にまとめてみたい。

この文章は二つの内容が規則的に交互に繰り返されている。

①家族へむけて　マリコ、津慶、知代子、どうか仲良くがんばってママをたすけてください。
パパは本当に残念だ、きっと助かるまい

②機内の様子　原因はわからない　今5分たった　もう飛行機には乗りたくない　どうか神様たすけてください

①家族へむけて　きのうみんなと食事したのは最后とは

②機内の様子　何か機内で爆発したような形で煙が出て降下しだした　どこえどうなるのか

①家族へむけて　津慶しっかりた（の）んだぞ

①家族へむけて　ママ　こんな事になるとは残念だ　さようなら　子供達の事をよろしくたのむ

②機内の様子　今6時半だ、飛行機はまわりながら急速に降下中だ

①家族へむけて　本当に今迄は幸せな人生だったと感謝している

このように、家族へ向けたメッセージや、家族とともに過ごした日常生活を語る部分と、現

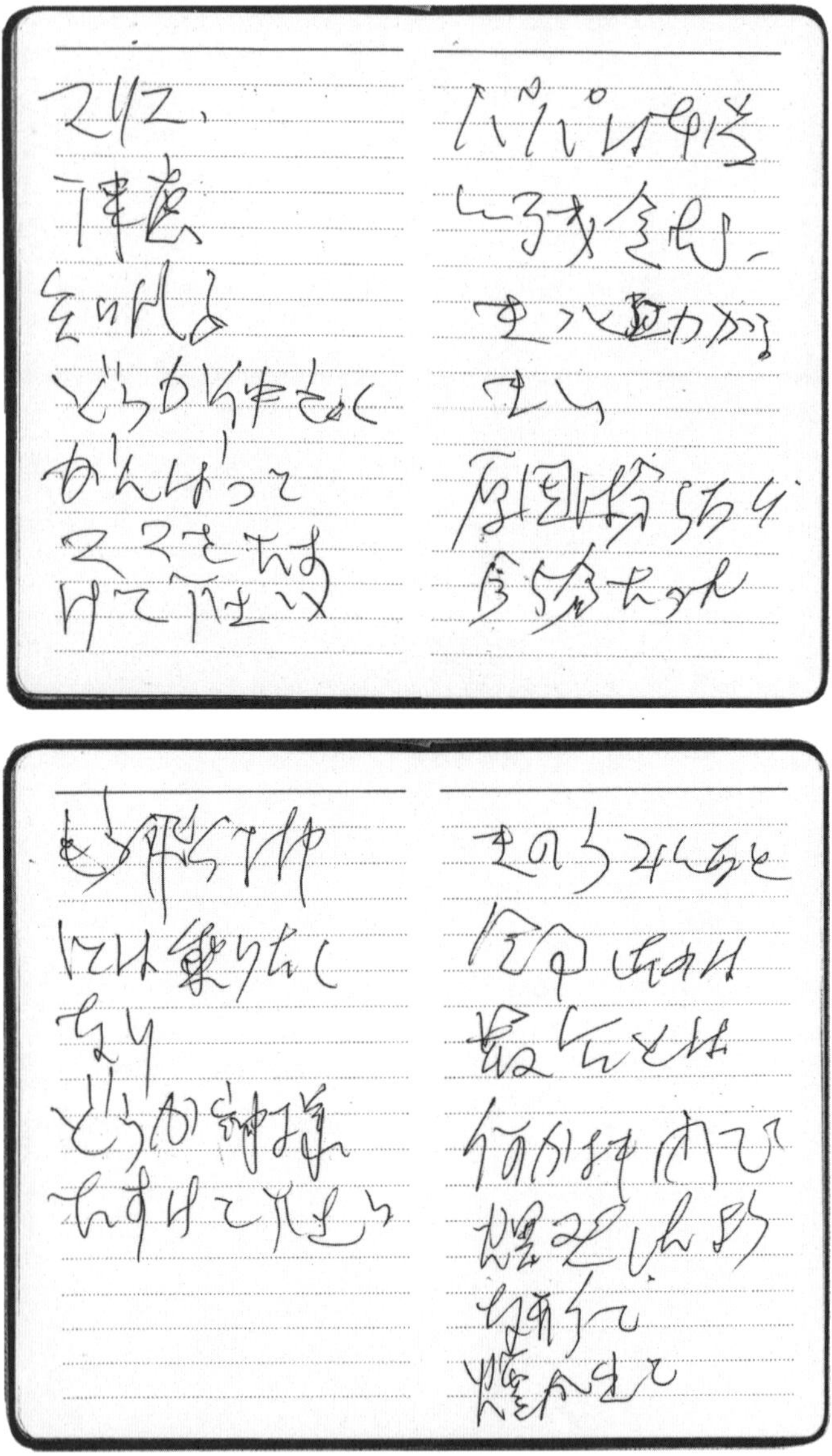

河口さんが最後の言葉を綴った手帳

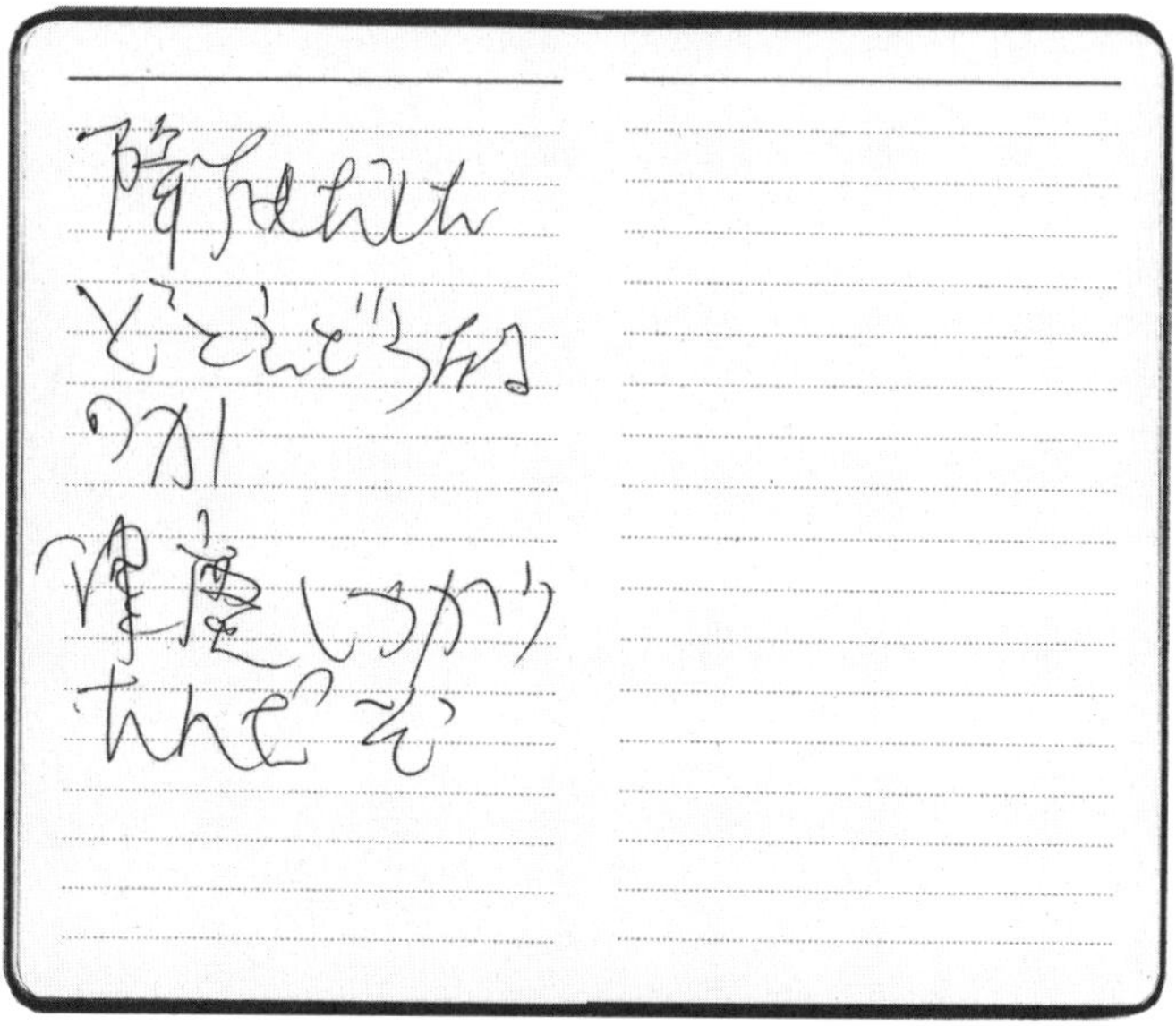
降下しはじめた
どこえどうなる
のか
津慶しっかり
たのんだぞ

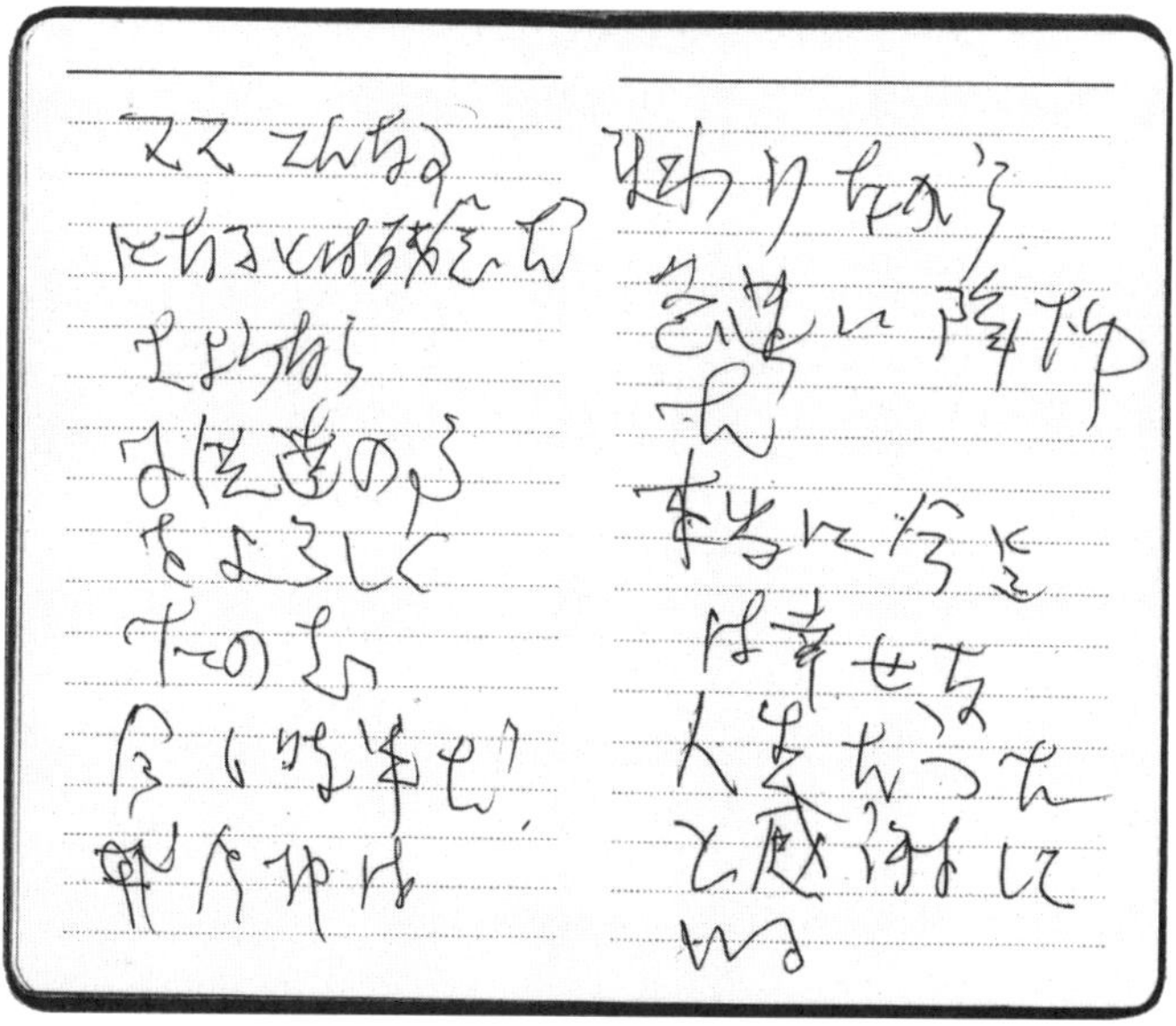
ママ こんな事
になるとは残念だ
さようなら
子供達の事
をよろしく
たのむ
今6時半だ
飛行機は
まわりながら
急速に降下中
だ
本当に今迄
は幸せな
人生だった
と感謝して
いる

在の機内の様子を表す部分を河口さんは何度も交互に書かれている。そして、それを最後まで続けられていた。さらに、機内の様子の部分には少しジョークさえも感じられる。

　これはいったいなぜなのか。最初、機内は混乱しているはずだし、河口さんも困惑していて、こうなってしまうのも無理はないのだろう、というぐらいに思っていた。しかし、それは大きな間違いだということに気がついた。

　河口さんが困惑されていたのなら、メモを残すことさえも思いつかなかっただろう。何かを書きとめたりする状況にはなかったはずだから。河口さんはこのような極限状態のなかでも、現実を極めてはっきりと見ておられた。

　では、この交互に並んだ文の混乱ぶりはいったい何を意味しているのか。

　この問題を考えるにあたってあらかじめ一つ押さえておきたいのは、なぜ河口さんはこの文章を書かれたのかという点だ。

　河口さんにこのような強い精神力を発揮《はっき》させたのは、なによりも家族に何かことばを残しておきたい、父親としてせめて家族がこれからも生きる力になることばをかけておきたい、今の自分に与えられた可能性は情けないがそれしかない、という切実な気持ちがあったからにちがいない。

　でも、もしそうだとするなら、残された時間をすべて使って家族に直接かかわることばだけを書いておこうとするはずだ。自分が今どのような状態にいるかということには関心がなかっただろう。ご家族は父親の機内での様子を知りたがるかもしれないが、河口さんにとっては自分のことなどこの際どうでもよかった。それでもごくごく限られた時間の中で、このようにこまぎれに機内の様子を書いておられた。

これは先ほどの私の考えが正しいとするなら、二の次三の次の事柄だ。残された時間のすべてを家族へのメッセージに使いたいと思っているはずの河口さんの気持ちとは相反した内容になっている。この矛盾はどこからくるのだろうかと考えているうちに、それにはそれなりの、のっぴきならない事情があったのではないかと感じるようになってきた。

こういうふうに書かざるをえなかった河口さんの心情に私が気づいたきっかけは、まったくの偶然だった。それは前に書いたように、読む練習を始めたときのことだった。何度も読んでいるうちに、しだいに私にも河口さんの気持ちが伝わってきた。すると、どうしても途中でことばがつまって読めなくなってしまう所がでてきた。それが一つ目は、

「マリコ、津慶　知代子、どうか仲良くがんばってママをたすけてください。パパは本当に残念だ、きっと助かるまい」

のあとだった。「きっと助かるまい」、働きざかりの河口さんの、家族を残してみすみす死ななくてはならない無念の気持ちが強く私の胸をしめつけてきた。普通なら子どもたちもこれから就職をし、結婚をし、孫たちに囲まれて穏やかに暮らしていくというような、ごくごく当たり前の人生があったはずだ。でも、そのような平凡な未来は、理不尽《りふじん》なことに河口さんにはほ

とんど絶望的になってしまったのだ。そういう父親の無念の気持ちが私の胸にこみあげてきた。だから私はそこで先へ進めなくなった。そういうことがそのあとの部分でも何回か続いた。どうしても先へ進めなくなってしまうのだ。

そのとき、ひらめいたものがあった。

「そうか。河口さんもきっとここで胸がいっぱいになって、書けなくなったのだ」

と。では河口さんはそのときどうしたのか。時間は刻々とせまってくる。もう一刻の猶予《ゆうよ》もない。ここで涙に暮れていて時間を無駄にすることはできない。早く自分の気持ちを落ち着かせ、続きを書かなくてはならない。どうするか、どうするか。

そうだ。今の状況を書こう。これなら見たままを書くのだから、自分を落ち着かせることができるだろう。

「原因は分からない　今5分たった。もう飛行機には乗りたくない　どうか神様たすけてください」

「もう飛行機には乗りたくない」

河口さんはここで少し余裕を見せて、自分の気持ちを落ち着かせようとしている。よし、少し落ち着いた。書ける、書こう。

「きのうみんなと食事したのは最后とは」

今度はここまでしか書けなかった。きっと食事のときの家族一人ひとりの表情や様子がありありと胸にせまってきたのだろう。でも、もうタイムリミットが近づいている。大急ぎだ。

「何か機内で爆発したような形で煙が出て降下しだした　どこえどうなるのか」

よし、また書けそうだ。書こう。

「津慶、しっかりた（の）んだぞ」

長男の津慶さんにあとを託した。もう飛行機はグルグルと旋回してまっ逆さまに落ちていっているのだろう。最後に残された数分間、あるいは数秒間を奥様に語りかけた。

「ママ　こんな事になるとは残念だ　さようなら　子供達の事をよろしくたのむ」

ここでまた河口さんはつまってしまう。しかし、まだ書き残したことがあった。

「今6時半だ、飛行機はまわりながら急速に降下中だ」

ああ、もう時間がない。書こう。

「本当に今迄は幸せな人生だったと感謝している」

まさに緊急事態で、今、落下しているときに、あとに残される家族にこんなことばを残せるだろうか。私ならもうパニックになり、意味不明の声を発してわめきちらしているだけにちがいない。しかも河口さんはこの手帳が残るように背広の内ポケットに収納されていたのだ。すごい精神力だ。二十年たった今でも、考えるだけで河口さんのすごさにため息がでる。こんな覚悟はどこから生まれてきたのだろうか。

人間はだれでもいつかは死ななければならない。でも、そのときに、

「いい人生だった。みんなに感謝したい」

などと私はとうてい言えそうにない。読むたびに緊急事態の機内に自分もいて、奈落の底に落ちていくような恐ろしい緊張感に包まれてしまう。そして、その中で文字どおり必死になってあとに残される家族を守ろうとする河口さんの心が痛く伝わってきた。

私は偶然この河口さんの気持ちを感じ取る経験をさせてもらった。河口さんがことばを残されただけでも、ご遺族の方々には励みになっておられるに違いない。しかし、私はことばを残されたことをご遺族の方が受けとめるだけでは、河口さんは心残りなのではないかと、この二十年の間ずっと思い続けてきた。この河口さんのご遺族の人たちに、このお父さんの数分間の家族を思う心の葛藤《かっとう》をお話ししたいとずっと願ってきた。

二〇〇六年九月十九日に、河口さんの奥様に文芸社でお会いする機会を得ることができた。私の二十年来の思いが本の出版をきっかけにして、思いがけなく実現する日を迎えることができた。

そこで旦那様が残された手帳も見せていただいた。二十年たったというのに、紙も変色せず黒いボールペンの跡もつい最近書かれたように見えた。他の遺留品は散乱し、かなり傷んでいたのにもかかわらず、この手帳だけは旦那様の背広の内ポケットに入っており、まったく無傷で見つかったのだそうだ。

文章内の「どうか神様たすけてください」ということばには、ご夫婦にとって特別な思い出があったこともうかがった。落ち着こうとしただけのことばではなかったようだ。

また、河口さんはこの飛行機に乗る前日、実家を離れていた娘のマリコさんがたまたま帰ってきていて、近くの公園に写真を撮りに出られた。それまで河口さんはいつも写真を撮る方で、自分が撮られることは一度もなかったが、その日はどういうわけか娘さんに自分を撮ってもらっていたのだそうだ。それがムシの知らせだったのではないかという思いで、きっと奥様は私に話してくださったのだろう。

その他、ご家族のそのあとの様子なども二時間ほどにわたってお話ししていただき、同席した編集部の二人の方とともに、実に有意義な時間を過ごさせていただいた。

この日は朝から暑い日ざしがもどり、午後からは雲が流れ、風が吹きだした。空の様子がいつもと違って、雲がなぜか赤や紫の異様な色をしていたことを覚えている。出版社の前で奥様に初めてお会いしたときから、会議室でお話をうかがい、紀伊國屋書店の前でお別れしたときまでの数時間は、私にとって忘れられない貴重な思い出になった。

大事なものを故郷に忘れてきた「私」『故郷』魯迅《ろじん》

出典「魯迅文集第一巻」（ちくま文庫）竹内好訳

私はこの『故郷』で本文中の大人になった「私（魯迅）」が、故郷を離れるときに重大な忘れ物をしてしまったことに気がついた。

この『故郷』には実に巧みなトリックがある。しかし、この整然とした構成をもつ文章についだまされてしまう。この文章の構成は漢詩の対句を思わせる。過去と現在をうまく対比させて内容をわかりやすく展開していく。だが、そこがくせものだ。うっかりすると読者はこの作品に、堕落し没落していく二十世紀初頭の中国の民衆の姿をルントウ（閏土）を通して描いているように見てしまう。

ところが、作者はその表面的な内容とは別の主題を物語の陰にこっそりと潜ませているのだ。そこを読みとるかどうかによって、この作品の見方はかなり違ってくる。

では、作者がこの作品の裏に潜ませたものは何か。

まず読者がだまされてしまうのは、二十年ぶりに「私」が見た故郷の風景だ。私は初めこの風景は昔の「西瓜《すいか》畑の銀の首輪の小英雄」が「私」に語って聞かせた懐かしい夏の思い出の風景と対比させて、いかに今の故郷が寒々としたものになってしまったかを際立《きわだ》たせようとしたものと考えていた。でも、ここからそもそもこの作品への誤解が始まっていた。

もし作者が故郷の今と昔の姿を比較してみせたいのなら、昔のルントウの語った風景と同じ夏の季節にしなくてはならないはずだ。現在の夏の故郷の風景が寒々としたうらぶれたものなら、本当に故郷が廃《すた》れ始めていると感じることができる。

実際に「私」の家もさびれ、村人の心もすさんではいたが、でも、季節がもともと違うし、冬の季節は夏に比べれば、当然、寒々として見えるはずだ。だから、その冬の厳しい風景を見て、故郷に住むすべての人の心を推《お》し量るわけにはいかない。「私」は自分でも「私自身の心境が変わっただけだ」と目立たぬように本文中で語っている。

この初めの冬の故郷の風景の印象が、「寂寥《せきりょう》」を感じるのに十分でありすぎたために、「私」は故郷にある大事なものを感じとるチャンスを失っていく。さらに「私」はヤン（楊）おばさんの姿や言動にショックをうけ、大人になったルントウの姿にダメを押されてしまう。もう「私」の心の中は「寂寥の感」でいっぱいになってしまっていた。

だから、この話のふしぶしに見られるルントウのちょっとしたサインに目を向けることができなかった。そのため「私」は現在のルントウを誤解してしまい、それに気づかないまま故郷を去るという悲しい結末になってしまった。

ルントウは「デクノボー」になりはててしまったのか。「デクノボー」とは人間らしさを失って、無気力で何の役にも立たない人、といった意味あいだ。「私」は、はっきりルントウのことを「デクノボー」だときめつけていたが……。

しかし、それはこの「私」の誤解だ。ルントウは見かけは変わっていても、内面は変わっていなかった。確かに三十年もたって、大人になり、苦労に苦労をかさねてきて、身なりもみすぼらしく、顔も手も昔と変わってしまっていたが、「私」はその上辺にだまされてしまった。つまり「私」は人を表面的にしか見ることができなくなってしまっていたのかもしれないのだ。

また、この物語の後半に出てくるように、ルントウは椀《わん》や皿を盗もうとしたのだろうか。でも、「私」はルントウに「欲しいものは全部あげる」と伝えていた。それでどうしてわざわざ灰の中に椀や皿を隠す必要があるのか。

やるとするなら、第一発見者のヤンおばさんの方が怪しい。きっと灰の中に椀や皿を隠そうとしていたところを「私」の母親に見られて、言い訳としてルントウのせいにしたということだったのではないか。証拠がないのでヤンおばさんのせいと決めつけるのもおばさんに悪いのだが……。でも、ヤンおばさんには「私」も母も何もあげるつもりはなかったのだから。

そのことにも気づかないでルントウのせいだと信じてしまったのは、「私」も母も今のルントウならやりかねないと見下げていたからに違いない。ルントウを疑ったあとの、「私」と母はきっと彼を冷めた目で見てしまっただろう。ルントウはまさか二人が自分を泥棒と疑っているとは思いもしなかったはずだ。でも、ルントウと接するときの二人の気まずい微妙な変化を、彼は敏感に感じてしまったかもしれない。

「私」は昔の「銀の首輪の小英雄」の姿をぼんやりさせ、ついに少年の日の懐かしい思い出の象徴である「西瓜畑」からルントウのイメージを消し去ってしまった。とても残念で悲しいことだ。だが、実はルントウの気持ちは変わってはいなかった。

これからその根拠を本文にそって具体的にあげていくことにする。

一つ目は、最後の「私」が、旅立つときの場面でわかる。ルントウはスイション（水生）をつれてくるのはやめて、その下の女の子を連れてきていた。ここから推測できることはスイションがもう一度ホンル（宏児）に会いたがったのではないかということだ。スイションはきっとルントウに、

「つれていっておくれ」

と頼んだはずだ。そして、ルントウが「だめだ」と言ったら、泣いて嫌がったのだろう。そのときルントウはスイションに三十年前の自分と同じ目にあわせたくなくて連れてこなかったのだ。それほど少年時代のルントウにとって、シュン（迅）ちゃんと別れるのが辛かった。

では、ルントウはなぜ初めにスイションを連れてきたのか。子どもはほかに何人もいた。それなのにルントウがスイションを選んだのは、「私」の家にちょうど三十年前の「シュンちゃん」と同じ年頃の男の子がいることを知っていて、ルントウも昔の年頃にもっとも近い子を連れていけば、昔の思い出を忘れていないことをわかってもらえると思ったからではないか。で

も、このルントウの気持ちに「私」は最後まで気づかなかった。

次に、なぜルントウは「デクノボー」になったような話しかしなかったのか。それは逆に「私」の身なりの整った姿があまりにも身分が違う人のように見えたからだ。

確かに「私」は初め昔の懐かしい思い出を話そうとしかけた。しかし、ルントウを見誤ってしまったほど「私」が変わってしまっていたことを、ルントウはとっさに読みとってしまった。ルントウも一瞬口を動かして、すぐに閉ざしているが、きっと彼も三十年前の懐かしい思い出を口にしたかったのだろう。でも、この出会いでは立場上からいっても「私」が先に語りかけないかぎり、ルントウから昔話を切りだすことはできない。だからルントウは「私」の身なりにあわせた話題を持ちだすしかなかったのだ。

この小説で作者は中国の民衆が過酷な目にあって、しいたげられすさんでしまっている姿を描いているように見せて、実はだめになったのは、自分を含めた知識階級といわれる人たちだと言いたかったのではないか。

もちろんヤンおばさんはひどく堕落していたことから見て、一般大衆も疲弊していたかもしれないが、でも、ルントウはそんなひどい状況に置かれていても、昔と変わらず心は健在だった。せめて最後の最後にホンルが、

「だってスイションが僕に、家へ遊びに来いって」

と言ったときに気づいて欲しかったのだが、ついにそのときも「私」はルントウの心がわか

らずじまいだった。

最後に作者が掲げた、あの「歩く人が多くなれば、それが道になるのだ」と語ったとき、文化人を自認する作者自身は、その道を歩きだしていると思っていたのだろうか。そう考えると、この文の値打ちも少し下がる気がするが、それにしても、

「もともと地上には、道はない。歩く人が多くなれば、それが道になるのだ」

これはまさしく名言だ。何億という中国の人々が、みんな自分の国を良くしようと思ったとき、はじめて中国は良くなると言っているのだ。これはいつの時代のどこの家庭や社会的集団にでもあてはまる箴言《しんげん》だ。その集団に所属する人みんながその集団を良くしようと思ったときに、それは良くなるのであって、もともと良い家庭、良い社会、良い国家などというものは存在しないのだ。

良くしようと思えば良くなるなんて、実に簡単なことのようだがそうはいかない。表面上はいざ知らず、心の底から良くしていこうと思いあえる集団などめったにないはずだから。家庭にしたって、みんながみんないつも一つ心で生活できている家族がどれほど存在するか、考えてみなくてはならない。

ここで疑問が残る点ははたして作者はどこまで計算してこの小説を書いたのかという点だ。最後の「スイションは連れずに」とわざわざ断っているあたりからすれば、すべて計算ずくのようにも思えるが、ルントウは「デクノボー」だと決めつけているところから見ると、あまり

わかっていないような気もする。私は、案外、作者もこの小説を書いていて、ルントウが昔のままだったことに気づかなかったのではないかとも思っている。

ルントウのモデルは実際に存在したようだ。ルントウが身につけていた「銀の首輪」や、「私」に贈った「鳥の羽根」などが、魯迅記念館（浙江省紹興市）に飾ってあると、資料集に小さな写真が載っていた。その写真を見ただけでも、あの昔のルントウが「銀の首輪の小英雄」だったという雰囲気が伝わってくるような感じをうけた。ルントウのモデルになった人はのちに魯迅記念館の館長をしたこともあったそうだ。

作者の魯迅は幼いころ父を迷信に満ちた当時の中国の医療により亡くしてしまったという苦い経験から、西洋の医学を志したという。そして、日本に留学しているときに、病んでいるのは中国人の体ではなく心であることに気づかされ、文学に転向していく。そこにはこの『故郷』の文体からもうかがわれる、ものごとに整然と進んでいこうとする魯迅の精神が感じられる。

参考までに、十八世紀から十九世紀にかけての中国の社会の様子を『世界の歴史　13　帝国主義の時代』（中央公論社）から紹介しておきたい。

> 十八世紀の中国が急速に衰えていった理由は、いったい何か。十八世紀の中ごろに二億であった人口が、その末に三億、十九世紀には四億を数えたのに、耕地は十八世紀の中ご

ろからちっともふえず、しかも農業技術が改善されたわけでもなければ、新しい産業が起こったわけでもない。したがって、全体が貧乏になったのである。
貧乏人と金持ちとの差が開いていっても、貧乏人の生活も日に日に向上しているかぎりは、たいした社会問題にはならない。十八世紀の中国は、まさにこの状態であった。ところが、全体が貧乏になった十九世紀に入っても、官吏、兵隊や富商、豪農は、これまでのぜいたくになれて、生活水準を下げようとはしない。彼らには、国家、社会など眼中になく、いたずらに自己の殖財にのみうき身をやつして、いきおい貧乏人に対するあくどい誅求搾取《ちゅうきゅうさくしゅ》となる。こうなっては、貧富の懸隔《けんかく》はひらいていくばかりだ。しかも、十八世紀の時代とはちがって、貧乏人は食えないまでに追いつめられて、ひとたび天災地変にでもあえば、土地をすて、妻子とわかれ、衣食の資をもとめて流人のむれに身を投じなければならなかった。劉備は現在の社会秩序のなかでは生きていけなくなった連中だ。彼らは現在の社会秩序をこわすことによって生きぬこうとする。社会状態はいたって不安となる。

魯迅（ろじん）
一八八一年（明治十四）―一九三六年（昭和十一）。本名は周樹人《しゅうじゅじん》。小説家、翻訳家、思想家。中国浙江省紹興市出身。一九〇四年から日本の仙台医学専門学校（現在の東北大学医学部）に留学。

当時は一年半にわたる日露戦争の真っ只《ただ》なかで、戦争報道のニュース映画で、ロシアスパイの中国人処刑の場面が放映され、処刑を見ている同朋《どうほう》が喝采《かっさい》する様を見て、医学から文学へ進路を変更する。「中国人を救うのは医学による治療ではなく、文学による精神改造だ」と。そのあと、東京生活を経て、一九一二年に中国に戻り、中華民国臨時政府の教育部員となる。一九一八年に『狂人日記』を発表。また北京大学の非常勤講師となり、「中国小説史略」を講義する。

中国の文学観では一段低いとみなされていた小説に光をあてた。当時から散逸していた小説の実証的収集活動をおこない、神話、伝説から始まる小説史『中国小説史略』を著す。太宰治の『惜別』には、魯迅と仙台医学専門学校時代の恩師、藤野厳九郎との交流が描かれている。表題の『故郷』は『阿Q正伝』などとともに魯迅の第一創作集『吶喊《とっかん》』に収められている。

竹内 好（たけうち よしみ）
一九一〇年（明治四十三）十月二日―一九七七年（昭和五十二）三月三日。中国文学者、評論家。長野県南佐久郡臼田町（現・佐久市）出身。一九三一年、旧制大阪高等学校から東京帝国大学文学部支那文学科に進む。大学在学中に武田泰淳《たけだたいじゅん》らと「中国文学研究会」を結成し、卒業後もそこを中心に活動した。『近代の超克』『中国の思想（2）戦国策』『日本とアジア』

『魯迅評論集』など。

人としての生き方　『走れメロス』太宰治

出典『走れメロス』（『新潮日本文学』35　太宰治集　新潮社）

『走れメロス』を読みおえたあと、「物語によくあるパターンだ」、「終わり方がわざとらしい」などと思う人が多い。このハッピーエンドに見える場面が、単なる子ども向けの作品と誤解される理由の一つだ。

また、多くの日本の作家も『走れメロス』の作品をまじめにとりあげようとしない。それは太宰治の他の作品の内容とあまりにもかけはなれた、勧善懲悪《かんぜんちょうあく》的な物語と思いこんでいるからだろう。

だが、それは違う。なぜなら、言論弾圧を正当化する社会への批判を裏に巧妙に忍ばせた作品なのだから。「五・一五事件」や「二・二六事件」が起こり、国民を戦争に目を向けさせるため、時の権力者たちは反戦思想を取りしまるのに躍起《やっき》になっていた時代だった。この作品はその圧政に対して非難の意志を、子ども向けの物語に見せかけて表明しているのだ。

太宰は一九三二年（昭和七）頃まで非合法活動をしていて、青森警察署に自首して出た経験もあった。でも、この小説は発表された一九四〇年（昭和十五）五月、雑誌「新潮」に掲載された当初から怪しまれることはなかったし、当時の時流に乗せられている作家たちにも気づかれなかった。
ちなみに、この昭和十五年前後の日本の社会における重大なできごとをいくつかあげてみる。

一九三一年（昭和六）　九月、満州事変起こる
一九三二年（昭和七）　五月、五・一五事件起こる
一九三三年（昭和八）　三月、日本、国際連盟を脱退
一九三六年（昭和十一）二月、二・二六事件起こる
　　　　　　　　　　　十一月、日独防共協定調印
一九三七年（昭和十二）七月、盧溝橋《ろこうきょう》事件（日中戦争起こる）
　　　　　　　　　　　十一月、日独伊防共協定調印
一九三八年（昭和十三）五月、国家総動員法の発動
一九四〇年（昭和十五）九月、日独伊三国軍事同盟の締結
　　　　　　　　　　　十月、大政翼賛会の成立
一九四一年（昭和十六）七月、南部仏印（フランス領インドシナ）進駐
　　　　　　　　　　　十二月、太平洋戦争の開始　真珠湾攻撃

五・一五事件

一九三二年（昭和七年）五月十五日に起こった軍部青年将校のクーデター。政党や財閥のあり方に不満をもつ下級将校が、農村青年や大川周明ら右翼団体と結び、軍部独裁政権樹立を目指して首相官邸・政友会本部・警視庁・日銀などを襲い、このとき、犬養毅首相を殺害した。ここに政党政治は終わり、軍部の進出が決定的となった。

二・二六事件

一九三六年（昭和十一年）二月二十六日におこった陸軍のクーデター。皇道派青年将校は軍部内閣設立を企図して首相官邸・警視庁などを襲い、内大臣斎藤実・教育総監渡辺錠太郎・蔵相高橋是清らを殺害、侍従長鈴木貫太郎に重傷を負わせて、国会議事堂を含む永田町一帯を占領した。政府・軍部は乱の処置に迷ったが、結局これを反乱軍として鎮圧し、首謀者及び民間の右翼思想家北一輝らを死刑に処した。以後、統制派が軍の実権を握り、日本のファシズムは完成に近づいた。

国家総動員法

一九三八年（昭和十三年）にだされた統制法。戦争遂行のため、人的・物的資源を統制運用する権限を政府に委任したもので、国民の自由は極度に制限され、戦時体制が強化された。

翼賛政治会
一九四二年（昭和十七年）、東条内閣が作った政治結社。政党は一九四〇年に解散されていたが、一九四二年の選挙に際して東条内閣は、推薦議員を決め、新議席の八割を占めた推薦議員を中心に翼賛政治会を結成したので、議会はまったく軍部に抑えられた。

以上、『日本史要覧』（芳賀幸四郎監修　文英堂）より。

このように日本が一気に戦争にのめりこんでいく風潮のなかで『走れメロス』は書かれている。この時代背景と作品とのかかわりについては、この作品を見通すことによって明らかになってくるだろう。

まず全体の内容を把握するために押さえておかなければならないのは、メロスという人物がこの物語の最初の場面ではどうにも救いがたいほどの「単純な男」に過ぎなかったという点だ。「単純」とは作者がメロスの性格をもっともわかりやすく表現したことばだ。物語の主人公を「単純な男」と書いたりすると、読者はつい単純素朴で正義感が強いといった良いイメージを持ってしまいがちだが、作者はこのことばを決して好ましいものとして扱ってはいない。では、どのように単純だと作者は語っているのか。

それはディオニス王とメロスの対決の場面ではっきりする。メロスが王城に入る前に、王はすでに身近な人々を処刑している。その非道を知ってメロスは命を張って王をいさめるために、王城に入っていったのだが、実はこの事件の実態は王の乱心や根も葉もないはかりごとによる暗殺劇とばかりは言いきれない面を持っていた。

ややや王の味方に立った言い方になってしまうが、王が処刑した人たちの顔ぶれや、その順番をみると、王の身近でクーデターの陰謀があったことをうかがわせる。

首謀者は妹婿と妹。この二人が王の息子の皇太子を抱きこんで王を倒そうとたくらんだ。それを自分の妻である皇后も知っていたらしいのだ。そのたくらみは、王が悪政を行い、その世直しのために起こした計画かというと、必ずしもそうとは言いきれない。王は王としての仕事を果たしこの国を治めていた。それはメロスが王城で問いつめた老爺《ろうや》が、

「二年前までは夜もにぎやかな町であった」

と語っていることからうかがえる。二年前までは夜の治安もよく、国民も安定した生活をしていたということになるのだから。となるとこの事件の真相はやはり妹婿たちの陰謀という線が濃くなってくる。

王は世継ぎとして生まれたそのときから運命が決まっていた。彼の将来は国を統治する国王になることだった。そして彼は努力を重ね、王としての仕事を果たしてきたのだろう。何も努力せずに国が平穏に治まるはずはないのだから。

それなのに彼の身近なところで思わぬ事態が起こってしまった。でも、その陰謀は事前に発

覚して粛清されてしまう。王は権力の醜い面を行使した。

　この陰謀は王に対する謀反であり、彼のそれまで行ってきた政治の全否定だ。それはこの繊細な心の持ち主である王には大きなショックだった。彼の人生は王であること以外に考えられない。それを国民や身内の者から否定されてしまったら生きていけなくなる。しかし、王の一族のお家騒動には批判的な国民も、王自身を見放してはいなかった。

　メロスはこのような事情を確かめようという気持ちを持たない。二年前まで町がにぎやかだったのはなぜだったのかと疑うことさえしなかった。ただ、「王は人殺しだ」と決めつける単純さで王城に乗りこんでいく。しかも、短剣を身に帯びて。

　メロスは王の前に引きだされても堂々と抗議する。でも、その内容は王にとって、あざ笑ってしまわざるをえないほど単純で矛盾した言動だった。なぜならメロスは人を信じようとしない王を討とうとしているが、そういうメロスは王を最初から悪者扱いにして信じようとはしていないから。人を信じなければならないというなら、メロスも王をまず信じなければならないはずだ。でも、メロスは自分が正義の味方で、王は人殺しの大悪人だときめつけているので、自分のこの矛盾にまったく気がつかない。メロスには単純な勧善懲悪的思考しかできないのだ。

　だが、王はそのメロスの言動の矛盾を鋭く見ぬく。そして、王はこの矛盾だらけのどうしようもない若い男を哀れむように見ている。王は鋭敏な人間だ。ところがメロスはあまりにも単純すぎる男だった。

さらにメロスはむちゃなことを言いだす。自分の妹の結婚式をさせたいから、自分の親友を身代わりに人質にしてくれというのだ。親友を身代わりに出すのもやむをえない状況のように見えるが、どうも腑《ふ》に落ちない。親友に何かをしてやりたいから、妹を人質に出すというのもかなり無理筋ながらまだわかる。しかし、身内の妹の結婚式のために、いくら親友とはいえ他人であるセリヌンティウスを命の危険の伴う人質にさしだそうとしているのだ。セリヌンティウスにも家族や一族がいることをメロスは当然知っているはずなのに。

そういうことならごちそうを買いそろえて、村に戻って妹の結婚式をあげさせてから、またこの王城に来ればいいだけの話だ。一日や二日遅れても状況がそんなに変わるものでもないはずだから。でも、こういった手順すらもメロスは思い浮かべることができなかった。メロスは良いにつけ悪いにつけ、日頃から腹黒いところのない「単純な男」だったので、セリヌンティウスも、「ああ、また始まったか」という気持ちでメロスを信じたのだろう。

では、王は何故このようなばかばかしい男を相手に賭けをする気になったのだろうか。それは王自身もこれから何を信じて国を治めていったらいいかわからず、八方ふさがりになってしまっていたからだ。

「正義をかざす人間たちへの見せしめ」と言っているが、彼自身の気持ちも近親者の謀反《むほん》のたくらみのためにひどく落ちこんでおり、どこかに救いを求めていたのだろう。山賊にこっそり待ち伏せさせた程度には、王もメロスを信じ、期待もした。その山賊もわずか数人の、ちょっとメロスが脅せばひるんでしまうほどのものだった。

一方、メロスは村に帰って妹の結婚式をあげさせ、王城に向かおうとするときは、まだ、とにかく自分は正直な男だと信じ、それを王に証明してみせることだけを考えていた。結婚式の中で「一生このままここにいたい」と思ったこともあった。でも、その時はまだそれが友への裏切りになるとは気づいていなかった。

そのあと彼にとって生まれて初めて友の信頼を裏切りそうになる経験をしてしまう。人間の弱い面を初めてメロスは体験したのだ。

王城に向かいいくつかの障害を乗りこえて、疲労しきって倒れたときについにあきらめかけた。こんなちょっとした動揺は、普通の人間にはいくらもあることだが、単純素朴なメロスにはそれまで一度もない事態だった。もちろんこんな命懸けのできごとも、このときまで経験したことはなかっただろうが……。

「人を裏切らない」というメロスの信念はついに崩れてしまう。正直に生き信念を貫き通して生きてきたメロスは、その心の支えを失いかけてしまった。

メロスを救ったのは、約束を果たすため走ることにベストを尽くしてきたという自信であり、それが支えとなって、かろうじてまた立ち上がることができた。だめかもしれないが、とにかく今の自分には走りきるしか道はないと開きなおり、立ち上がったのだ。

このような極限状態にまで追いつめられた末に、メロスには今まで経験したことのない新境地が開けてくる。それは一つの大きな目標に向けて、挫折を克服しつつ、なおも死力を尽くそうとした人間にのみ開けてくる境地だった。そして、それこそが今の悩める王も探し求めていたものだった。

この繊細で鋭い感性の持ち主である王は、三日目の約束の刻限ぎりぎりに刑場に飛びこんできたメロスを「まじまじと」見つめて、

「仲間の一人にしてほしい」

と言いだす。この王のことだから、ただ単純にメロスが約束を守って帰ってきたことに感動して言ったのではない。それは濁流を泳ぎきり、山賊を突破し、疲労からくる弱気を克服し、自分の心身の限界に達したときにメロスが見たもの、「訳のわからぬ大きな力」の存在だった。王は帰ってきたメロスの姿から、彼の内面のこの変容を見ぬいたのだ。

メロスがこの疾走の途中で気づいた「訳のわからぬ大きな力」とは、「人生には人それぞれに与えられた使命があるのであり、その使命を見つけ、それに向かって人はひたすら努力し、前進していくしかない」という考え方だ。それは究極において「訳のわからぬ大きな力」に引きずられていくような感覚だった。それこそがすべての人間に与えられた、たった一回きりの人生の重大事であると作者は言う。

その「訳のわからぬ大きな力」は宇宙全体を染める真紅の世界の中で出現し、その象徴的な赤が、最後に「緋《ひ》のマント」に残り、メロスを飾ることになった。

途中でメロスが「全裸体」になったとあるが、それは単に表面的な意味でだけでなく、メロスの内面の姿も現していた。メロスは「訳のわからぬ大きな力」を見つけるまでは、自分を「真の勇者」とか、「愛と誠の偉大な力の持ち主」とかさかんに自分を美化しているが、「全裸体」になったあとは、そうした自分に対する美辞麗句《びじれいく》をいっさい言わなくなる。最後の「勇者」ということばは、作者がメロスを初めて讃《たた》えたことばだ。

メロスは三日前に王の前にいた彼とは全く違った人間になって帰ってきた。彼自身もこの事件により、ただ単純素朴な男ではなく、人として生きる意味を確信することができる人間になった。王も身の回りで起こったお家騒動にいつまでもこだわっているのではなく、これからも王として自分がやらなければならない国政を、ただひたすらやり続けていくしかないと悟ったのだった。メロスが自身の行動とその姿で、王に真の人間としての生き方を教えることになったのだ。

少し主題からはずれるが、メロスがぎりぎりで刑場に間に合うシーンはどうもわざとらしく、安っぽく見えてしまう。何だかあまりにも劇的すぎておもしろくない。しかし、考えてみると、実生活の中で私たちはいろいろな場面で、同じような経験をしていることに気がつく。どうしてもやらなくてはならない期限付きの仕事があって、その仕事がはかどらないときに、「あと三日しかない。どうしようか、もう間に合わない。あきらめよう。何とか言いわけをしてすまそう」

と思うか、それとも、

「いや、まだ三日ある。できないかもしれないが、やれるだけやってみよう」

と思うか、その時の気持ちの持ち方が分かれ道になることが多々ある。そして、あきらめずにやったときはぎりぎりにでも間に合うものだ。

私はこの『走れメロス』を読んでからは、期限が迫ってきた仕事があると、いつも自分に言いきかせる。

「間に合わないかもしれないが、やれるだけやってみよう」

そう思って粘るとその仕事は刻限の朝までには何とか仕上がるのだ。いつもそうだ。最後の最後まであきらめなければそれなりに形になる。このように考えると、この刑場にぎりぎりに到達するメロスの姿も人生の一つの真理を表していると思える。


また、この作品でひとつ、おもしろいのは結婚式のごちそうだ。メロスは町に妹の結婚式のごちそうを買いに行っている。それは「初夏」の時期だった。でも、話をよく読んでいくと、花婿は「ブドウの季節」に結婚式をあげる気になっていたことがわかる。もともとブドウを収穫したその資金で式をあげる計画だったのだ。ブドウの収穫の季節は秋だ。そうなるとどう考えても秋までには二、三ヶ月は間があるのに、作者は「結婚式も間近なのである」と言って、メロスにそのごちそうを買いにやらせているのだ。

この『走れメロス』は、当時の五・一五事件や二・二六事件などが起きた世相を踏まえて風刺的に書かれているように思う。これらの事件をヒントにして単純化し、この物語の裏に潜ませて間接的に作者は批判したのだろう。

作者は言う。人間は戦争をするために生まれてきたのではない。真紅に染まった究極の世界の中でメロスが見つけたもの、一人ひとりに与えられた「訳のわからぬ大きな力」に向けて、全力で生きていこうとすることこそ人間の真の生き方なのだと。人生はそれしかないと言いきっている。国民みんなが自分に与えられた能力を発揮するために、まっすぐ努力していくことを勧め、理性を失い方向性を見失いつつある国家を救うためには、国民がこのことに気がつかなくてはならないと主張しているのだ。

太宰 治（だざい おさむ）
一九〇五年（明治四十二）六月十九日―一九四八年（昭和二十三）六月十三日。青森県北津軽郡金木村出身。本名は津島修治。生家の津島家は県下有数の資産家で、父源右衛門（松木家からの養子）は地元の名士であった。太宰の青年期は、左翼運動やプロレタリア文学が盛んで、太宰も傾倒し影響を受ける。作家を志すのは、青森中学校在学中の十七歳。習作『最後の太閤』を著す。弘前高等学校時代には、同人誌「細胞文芸」を発行し、井伏鱒二の指導なども受ける。卒業後は東京帝国大学仏文科に入学。しかし学業不振で留年を繰り返し除籍。作家としては一九三三年（昭和八）に短編『列車』を太宰治の筆名で発表。一九三五年（昭和十）には『逆行』が芥川賞候補。代表作は表題の『走れメロス』や『晩年』『東京八景』『津軽』『斜陽』『人間失格』など多数。一九四八年、入水心中。遺作はユーモア小説『グッド・バイ』。

大正時代の社会小説　『オツベルと象』宮沢賢治

出典『オツベルと象』（「ちくま文庫　宮沢賢治全集8」筑摩書房）

この物語はオツベルが気のいい働き者の白象をだましてこきつかい、仲間の象たちが白象を助けるためにオツベルの館に押しかけていくという内容だ。

しかし、それだけではただの児童向けの物語で終わってしまう。作者はそんなに単純な物語を書こうとはしていない。ある強い動機によってこの物語を書いているのだ。

それはともかくとして気になるのはオツベルの話が「第二日曜日」から「第五日曜日」に飛んでいることだ。

ここに登場する牛飼いは自分が資産家にあこがれていたので、もっぱらオツベルのような裕福な暮らしをしている人の話をするのが好きだったのだろう。

ところで、この牛飼いは第三日曜日と第四日曜日はどうしていたのだろうか。

彼は牛に草を食べさせたりしておいて、いつも日曜日になると遊んでいる子どもたちを集めて、事業に成功して大もうけした人の話などを聞かせていたのだろう。そうすることが彼の楽しみだったのだ。

オツベルの話もそのうちの一つで、第一週と第二週の日曜日に得意げに話していた。

このオツベルの話は牛飼いが子どもたちに語って聞かせているときに、同時並行的に進行しているできごとだったようだ。二週目までは牛飼いはオツベルを「たいしたもんだ」と尊敬していた。資産家で多くの農民をこき使い、自分は何もしないでごちそうを食べて暮らしているオツベルを、この牛飼いは尊敬しあこがれていた。だから、まるで自分のことのように自慢していた。いつかは牛飼いもオツベルのような贅沢《ぜいたく》な暮らしをしたいと願っていたのだろう。

このように牛飼いが尊敬もし、その生き方にあこがれていたオツベルが、あとになって白象を虐待し、象の集団に襲われ、無残にも「くしゃくしゃに潰《つぶ》されて」しまった。牛飼いはこんな展開になるとはまったく予想していなかった。だから、続きを話せなくなってしまったに違いない。そんな事態が第二日曜日のあとから始まっていた。話し好きの牛飼いのことだから第三日曜日と第四日曜日も子どもたちを集めはしたが、別の話をしてとぼけていたのだろう。

でも、聞き手の子どもたちはオツベルの話が中途半端なままだから、オツベルと白象がそのあとどうなったのか知りたくて、牛飼いが続きを語るのを心待ちにしていた。牛飼いが「たいしたもんだ」と言っていたのだから、オツベルがこれからも富み栄えていくだろうと期待さえしていた。第二日曜日までは子どもたちも牛飼いの考え方につられて、オツベルの生き方をうらやましいと思い始めていたのだ。

そこで、聞き手たちの中に、

「あのオツベルの話の続きはどうなったのだろう」

と言いだす子どもがでてきて、第四日曜日が過ぎたところで、

「今度の日曜日に牛飼いに聞いてみよう」

ということになった。

そして、第五日曜日になって牛飼いが話し始める前に聞き手の誰かが催促した。

「オツベルかね」

牛飼いはできるなら話したくなかった。話してしまうとそれまでの自分の話が台無しになってしまうから。それで、できるなら忘れたふりでもしていたかった。

だが、牛飼いは「これはまずい」と思いながらもしぶしぶ話しだす。牛飼いはもともと話すことが好きなものだから、話しだすと何もかも話してしまった。ただし、二週間目の日曜日までと違って、こっそり自分をオツベルに批判的な立場に置きかえることも忘れなかった。

でも、牛飼いの小細工など聞き手には通用しなかった。話を聞き終わると、期待に反してオツベルがひどいことになってしまったというではないか。だから、聞き手たちはそれまで牛飼いのいろいろな話を感心しながら聞いていたが、すべて信じられなくなってしまった。あきれた彼らは牛飼いの話にすっかり興味をなくして、川へ泳ぎに行ってしまったのだ。

「おや、［一字不明］、川へ入っちゃいけないったら」

とさっさと去っていく子どもたちを、牛飼いはあわてて呼びとめようとした。

きっとこのあとの日曜日からは、だれも牛飼いの話を聞こうとしなくなっただろう。もしかしたら、この事件が終わってしばらくして、みんなが忘れかけたころに、また、牛飼いはこりずに子どもたちを集めて、別の金持ちの話を語り始めることもありそうだが……。

さて、この物語の中で、いきなり「月」や「赤衣《しゃくえ》の童子」が現れてくる場面については、「話がうますぎる」と少し批判的に考えたくなる。しかし、このような突然の救世主を賢治があえて出してきたのも、そんな幸運は現実にはないことを強調したかったからかもしれない。「白象」も「他の象たち」も存在しないし、「もの言う月」も「童子」も存在しない現実の社会の悲惨さまで気づかせたかったのではないか。

この話で白象や他の象たちがいなかったらどうなるのか。きっと経営者のオツベルは死ぬまでパイプをくわえて、農民の仕事ぶりを監督してまわり、自分は「雑巾ほどの大きさ」のビフテキを毎日食べて暮らす。また、農民たちは自分たちが酷使《こくし》されているにもかかわらず、いつまでも「のんのんのんのん」働き続け、オツベルに搾取《さくしゅ》され、働けなくなったら「捨てられるか売りとばされるか」するのだ。

それでも自分たちの職場で理不尽《りふじん》なもめ事が起きても、白旗をあげて何もしようとしない。工場やオツベルに愛着もないし、白象を助けるでもない。白象や他の象たちは実際にはいないのだから、このしいたげられた状況から脱するためには、置かれている状況をよく把握し、それを自分たちの力で変えていこうとする気持ちがなくては、いつまでたっても経営者と労働者の関係は改善されていかない。賢治のこの物語にこめたメッセージの一つはこういう所にもあったのではないだろうか。

この物語は賢治の見た当時の社会の働く人たちの一面を表していた。単なる子ども向けの童話ではなく、社会問題を扱った小説という面もあるのだ。

この『オツベルと象』が書かれる前後の日本は労働争議が絶えなかった。また、第一次世界大戦の軍需景気に頼っていた経済も戦争の終結で落ちこみ、政府へのさまざまな不満が鬱積《うっせき》してきている世相でもあった。

『オツベルと象』の物語は、一九二六年（大正十五）一月『月曜』創刊号（尾形亀之助編）で発表された。

そのころの社会の状況を、特に労働問題を中心に拾いだしてみる。

一九〇七年（明治四十）　足尾銅山のストライキ　別子銅山の騒動
一九一一年（明治四十四）　東京市電のストライキ
一九一四年（大正三）―一九一八年（大正七）　第一次世界大戦
一九一七年（大正六）　室蘭製鉄所・三菱長崎造船所ストライキ
一九一八年（大正七）　米騒動　第一次世界大戦終結により戦後の反動恐慌おこる
一九二〇年（大正九）　八幡製鉄所・東京市電のストライキ　最初のメーデー

一九二一年（大正十）　ストライキ・小作争議の頻発
一九二五年（大正十四）　治安維持法の公布

治安維持法
一九二五年（大正十四）に成立した弾圧法規。加藤高明護憲三派内閣が普通選挙法制定に先駆けて労働・社会運動を取り締まるために、制定したもので、国体を変革し、私有財産を否認するいっさいの結社・行動を禁じた。一九二八年（昭和三）には田中義一内閣がこれに死刑を加え、言論・思想弾圧を強化した。

『日本史要覧』（芳賀幸四郎監修　文英堂）

これを見ると、毎年のように大きな労働争議が起きていたことがわかる。労働者への待遇が全国的に劣悪だった。賢治は経営者も悪いが、労働者も何もせずに黙っていてはいけないと主張しているのだ。ただ単に労働者側に立った見方はしていない。

宮沢　賢治（みやざわ　けんじ）
一八九六年（明治二十九）―一九三三年（昭和八）。童話作家、詩人、作詞家、農業指導者、

教育者である。現在の岩手県花巻市に生まれる。生家は質店を営んでいて、地域が冷害に襲われると、家財道具を売り生活費に当てる人が多く出ることを知る。このことは賢治の人間形成に大きな影響を及ぼす。学生時代に、幼少より興味を示していた鉱物の調査研究を行うが、同人誌「アザリア」の創刊なども行い、創作活動の萌芽《ほうが》も同時期に見える。

最愛の妹トシの死は、賢治のそのあとに大きく影響をあたえる。トシの魂との交感を求める一九二三年（大正十二）の樺太《からふと》旅行では思索に耽《ふけ》り、翌二四年（大正十三）には『春と修羅』を自費出版。同年に『注文の多い料理店』を発行。一九二六年（昭和元）には勤務していた花巻農学校を退職し、「羅須地人協会」を設立し、農民芸術を説く。表題の『オツベルと象』の発表も同年。そのあと、各地の農業指導を行いながら創作活動を続けるが、一九二八年（昭和三）、急性肺炎を発症し、一九三三年（昭和八）、同病で亡くなる。「雨ニモマケズ」の詩は、この間に手帳に書きとめていた。

孤独の淵《ふち》にうめく山椒魚《さんしょううお》『山椒魚』井伏鱒二

出典『山椒魚』(新潮社)

「今でも別にお前のことをおこってはいないのだ」

と、閉じこめたカエルに言われて、山椒魚はどう思ったか。

この最後の最も重要な部分は、作者自身の手によって、亡くなる前にこの小説から削除されてしまった。その行為によって私は自分のこの小説についての解釈がまちがっていなかったと確信した。

そこで、削除される前の形に戻すために、その部分を補っておこう。現在の『山椒魚』の最後の文につながる。


ところが、山椒魚よりも先に、岩の凹みの相手は、不注意にも深い嘆息をもらしてしまった。それは「ああああ」というもっとも小さい風の音であった。去年とおなじく、しきりに杉苔の花粉の散る光景が彼の嘆息を唆《そそのか》したのである。

山椒魚がこれを聞きのがす道理はなかった。彼は上の方を見上げ、かつ友情を瞳に罩《こ》めてたずねた。

「お前は、さっき大きな息をしたろう?」

相手は自分を鞭撻《べんたつ》して答えた。

「それがどうした?」

「そんな返辞《へんじ》をするな。もう、そこから降りてきてもよろしい」

「空腹で動けない」

「それでは、もう駄目なようか?」

相手は答えた。

「もう駄目なようだ」

よほど暫《しばら》くしてから山椒魚はたずねた。

「お前は今、どういうことを考えているようなのだろうか?」

相手はきわめて遠慮がちに答えた。

「今でもべつにお前のことをおこってはいないんだ」

注　原文にふりがなはない。


この小説は、かなり詳細に読まないと作者のしかけた裏の意味がわからないように作られていて、それだけにその作者のトリックがわかると、なるほどと思わずうなってしまうような楽しさがある。まさしく優れた短編小説と言えるだろう。そのトリックを解きつつ鑑賞していく。そして、最終的には、始めにあげた、閉じこめられた蛙《かえる》に「今でも……おこってはいないんだ」と言われて、この山椒魚はどう思ったのかという問題に迫る。

それから、これも前に書いたが、驚いたことに作者の井伏鱒二は半世紀以上も前に書いたこの『山椒魚』（大正八年）の小説の話の最後の部分を削除してしまったのだ。この行為について何人かの作家が新聞で批判していたが、どうもその書きぶりから見ると、作者の真意はわかっていないようだった。だから作者がこの文章のあとの部分をカットした意味についても、最後に推理したいと思う。

「山椒魚は悲しんだ」

この冒頭の一文は暗示的だ。しかし、実は全体の内容を暗示するだけでなく、作者のあるトリックがここから始まっている。そして、そのトリックは最後に解かれるようになっている。とにかく最初からこの話はいわくありげに見えるのだ。

「のぞき趣味」というと少し淫靡《いんび》な感じもするが、山椒魚がのぞきたいものは、心を奪われるほど美しいものだ。この世の美しい物は生き物であれ自然であれ、自分が第三者的な立場にいないと見えてこないと山椒魚は信じている。もしかかわりを持ちはじめると、その美しいと思える対象が何であろうと、美しいとか何とかきれいごとばかり言っていられなくなる。そこは生存競争の場でもあるから、必ず自分に都合の悪いことも起こってくるし、面倒な駆け引きもしなくてはならず、ぼやぼやしていると足元をすくわれることにもなりかねない。

でも、現実から逃避《とうひ》した状態に自分を置いて、そこから世間をのぞいているかぎり、外部に対して利害関係もなくなり、安心して「美しいもの」について鑑賞できる状態が得られるのだ。

ところが、山椒魚は現実から離れて、ただひたすら好きなのぞき見をしているうちに体が成長してしまい、せまい岩屋から出られなくなってしまった。だが、皮肉なことにその山椒魚にとって我慢がならない閉じこめられた状態が、さらにいっそう彼ののぞき見についての意識を深化させていくことになった。

それまでは現実世界が嫌で、何となく逃避《とうひ》して、そこから気楽に社会を眺めていたため、きっと閉じこめられた今の情況と比べると、感動も希薄なものだっただろう。でも、ひどい閉塞《へいそく》状態に置かれていることによって山椒魚は集中力が高まり、執念のようなものまでのぞき見に持ちこまれてきて、現実世界の多くのものがいっそう美しく見え始める。自由になりたいという居ても立ってもいられない願望が、外の風景を今までよりもうらやましいほどに美しく見せる結果になっていった。

山椒魚の唯一の趣味はのぞき見であり、その他のことには興味がまったくないのだから、偶然ではあっても彼の現状を考えると、彼にとって理想的な環境にいることになったのだ。でも、彼はその幸運に気がつかない。閉じこめられてしまった事態に意識が奪われ、後悔し、「神」を呪ったりする。呪われた神様もいい迷惑だ。

岩屋に閉じこめられたことをもう少し別の方面から考えてみる。山椒魚がもし岩屋から出ることができたとして何をするだろうか。彼は外の世界と交わることは好まない。やはり人生における唯一最大の楽しみであるのぞき見を継続するだろう。そののぞき見の絶好の場所は、今、山椒魚のいる岩屋をおいて他にない。だから山椒魚は自分のいる場所に戻って、またのぞき見をするはずだ。

しかし、誰でも、自分の意志で行動し、自由に自分の生き方を決定したいのだ。外にも出られるし、のぞき見もできる、そういう状態で山椒魚はのぞき見をしたかった。でも、そうなると前にも書いたように、山椒魚の目は閉じこめられたときに見る目より集中力をなくしてしまい、谷川の光景が今よりも美しく見えなくなる。山椒魚は究極のジレンマに陥っていく。

身動きをほとんど制限されてしまった山椒魚の目は、谷川の光景やその住人たちの本質を実に的確に観察するようになる。だが、困ったことに彼は自分が不幸のどん底にいると信じているので、目の前で起こっている事態のすべてを悪意をもって見てしまう。彼の小生物たちへの悪口は本心でないことは明らかだ。どうしても自分だけが不幸な存在であることを認めたくないという一心で、彼は目につくあらゆる小生物の欠点を探そうとする。自分よりも不幸なものを探すことで、自分を慰めるという心理はけっこう誰にもあることだ。

山椒魚は岩屋から見える多くの小生物に悪態をつく。でも、皮肉にもそこにはそれぞれの美点を細部にわたって嘆賞《たんしょう》している山椒魚の目を感じるのだ。また、その山椒魚の発する悪態は、よく考えるとすべて山椒魚自身にあてはまってしまう。「屈託《くったく》したり物思いに耽《ふけ》ったりするやつは、莫迦《ばか》だよ」「何と愚かな習性」「不自由千万」、どれもそれらの小生物より山椒魚の現状を的確に表していることになる。

人が他人の批判をするときは、自分の中に同じ要素を持っていることとしか言えない。自分が逃れようとして逃れるすべがない欠点、それを自分のこととして受けいれるにはあまりにもいとわしい欠点を他の者に転嫁《てんか》して憂さを晴らそうとするのが悪口だ。だから人が他人の悪口を言うと、どうしても自分の悪い所をさらけだすことになる。さらにその批判する相手よりもいっそう多くその欠点が自分に備わっている状態にいなければ、相手の欠点の程度も量れない。

ここで、作者は読者に巧妙なわなをしかける。

「どうか諸君に再びお願いがある。山椒魚がかかる常識に没頭《ぼっとう》することを軽蔑《けいべつ》しないでいただきたい」

と、二度もお願いしている。でも、だまされてはいけない。これは決して作者がしおらしく読者に何かを頼んでいるのではない。作者の論理からすると、山椒魚が小生物の習性を笑ったのは山椒魚がそれ以上の愚かな習性を備えていたからであり、これをもっと推量していくと、山椒魚を笑う読者は山椒魚以上の愚かな習性を備えていることになるからだ。作者は「お願い」とか言いながら、

「読者のみなさん、あなたたちはこの山椒魚を笑ってばかりはいられないはずだ」

と、警告したいのだ。

さて、いくら他の小生物たちの欠点をあげつらっても、山椒魚の本心は自分が他の小生物よりもましだと思ってはいなかった。その証拠に、

「ああ、神様、どうして私だけがこんなにやくざな身の上でなければならないのです？」

と、嘆いたり、

「ああ、寒いほどひとりぼっちだ」

とつぶやいたりしているのだから。彼は自分が最低最悪の生き物で何の役にも立たない「ブリキの切屑《きりくず》」に思えた。彼のこの絶望的な孤独感は救いようがない。

そして、閉じこめられた山椒魚に与えられたたった一つの自由である「目を閉じる」という行為を断行したとき、ついに彼は人生のすべてを失ってしまう。彼はのぞき見さえできれば幸福だった。彼は何年も岩屋から出ることをしないほどのぞき見が好きで、あとは何もいらなかった。だから岩屋に閉じこめられたことに気がつきさえしなければ幸福だったはずだ。

山椒魚の目を閉じたときの暗闇の世界は、私たちが目を閉じたときのそれとは全くちがう質のものだ。彼の目を閉じるという行為は、人生のすべてを放棄《ほうき》するものだった。好きなのぞき見をすれば自分の立場がみじめになり、目を閉じると生きがいを失ってしまう。これ以上の不幸な存在はないだろう。

山椒魚はついに犯罪にはしる。なんとしても自分より不幸なものを見つけなければならない

という気持ちにかられていく。傍観者でいることが我慢できなくなったのだ。

この悪党が待つ岩屋の地獄に運悪く蛙が閉じ込められてしまう。あの川の中を自由に楽しげに泳いでいた蛙だった。山椒魚が悪口さえ思い浮かばないほどうらやましい相手が、実に都合よくこの岩屋に紛れこんできてくれたのだ。

山椒魚にとっては千載一遇《せんざいいちぐう》のチャンスだった。最も憎らしかった相手を自分よりも不幸な存在におとしめることに山椒魚は全力を傾けることになる。もう彼の意識は谷川のよどみの光景を見ていても、ほとんど何も感じなくなっていた。ただただあの自由にのびのびと生きていた、最も嫌悪《けんお》すべき相手を自分と同じ目にあわせることに没頭《ぼっとう》しはじめる。「自分と同じ状態におくことのできるのが痛快」だったのだ。

山椒魚が蛙に、

「お前は莫迦だ」

というと、嬉《うれ》しいことに、蛙も、

「お前は莫迦だ」

と返してくれる。そのとき山椒魚は蛙が自分と同じ精神状態に陥っていく段階に入っていることに喜びを感じた。このまま続けば、きっと蛙は自分と同じ不幸を味わうことになるに違いない。そして、蛙が自分よりもっと不幸になったとき、自分は最もみじめな生き物であるという意識から解放されるのだ。山椒魚の関心はこの一点に集中していくことになる。この願いが成就《じょうじゅ》されれば自分は救われることになる。山椒魚は自分に「莫迦だ」と言い返す蛙に期待するようになる。

しかし、蛙は岩屋で二年目を迎えて、山椒魚の魂胆《こんたん》に気がついた。だから、相手の挑発《ちょうはつ》に乗らず、反応しなくなる。うろたえたり怒ったりすることは、山椒魚を喜ばせることにしかならないことに気づいたのだ。

山椒魚は困惑する。せっかく悪口を言ってくれる相手を見つけたというのに、蛙がそれをやめてしまったから。

我慢比べは続き、三年目を迎えたとき、蛙がついに弱音を吐いてしまう。山椒魚が喜ぶことを知っていながら、つい「風の音」のようなかすかなため息をついてしまったのだ。

実はこの我慢比べは最初から勝負はついていた。蛙は山椒魚に勝てるわけはなかった。習性が違いすぎるのだ。山椒魚は岩屋に籠ることが好きだったから、何年岩屋にいても平気だった。それに比べて蛙は川の中を自由に泳ぎ回ることが大好きな習性の生物なのだ。だから蛙はこんな薄暗い岩屋の中にほんの少しの間でも閉じ籠ることはできない生き物だった。それがこの悪党の山椒魚のために、三年も岩屋に閉じこめられたのだから、その苦しみは山椒魚とは比べものにならないのだ。

さらに悔しいことに、山椒魚は自分自身のせいで岩屋から出られなくなってしまったのだが、蛙にとっては山椒魚さえいなければ、外に出られるという可能性を残していた。これも山椒魚よりも蛙を辛くさせた原因になった。

山椒魚の最初のもくろみはすでに十二分に達成されていた。蛙は山椒魚の何倍も、あるいは何十倍もの苦しみを体験していたのだから。しかし、山椒魚は蛙の苦しみにまったく気がつかない。なぜなら蛙のような苦しみを体験したことがなかったから。その蛙がそう簡単に山椒魚を許すはずはない。でも、蛙はつい山椒魚に弱みを見せてしまった。山椒魚はその瞬間を待ちに待っていた。だから、

「大きな息をしたろう？」

ということになる。蛙のため息は山椒魚には実に大きなため息に聞こえたのだ。

それをきっかけに、二匹の会話が始まる。

「もう駄目なようか？」

「もう駄目なようだ」

ついにその瞬間がやってきた。蛙が自分と同じか、それよりもひどい絶望の淵にいる兆しを感じたからだ。でも、蛙はその山椒魚の願いを知っているから、孤独の淵であえいでいることなどとうてい告白できない。それほど蛙は山椒魚を憎んでいた。

身勝手な山椒魚は弱ってきた蛙に友情を感じる。山椒魚がこの三年間熱烈に知りたかったことはただ一点、蛙が自分よりもっと深い絶望的な状態にいて苦しんでいることを確認することだった。

山椒魚は念には念をいれて、

「お前のことを絶対許さない！」

と、蛙がわめきちらしてくれるときまで待っていた。それが、

「もう駄目なようだ」

の蛙の一言で、ここしかないと思った。でも、それでも、まだ尋ねることをためらった。

「よほど暫く」の時間を要した。そして、ついに意を決して、

「お前は今、どういうことを考えているようなのだろうか？」

と尋ねてしまった。

相手はきわめて遠慮がちに答えた。

「今でもべつにお前のことをおこってはいないんだ」

蛙はこの期《ご》に及んでも余裕を見せた。

山椒魚は蛙に自分を悪《あ》しざまにののしるか、怒鳴るかして欲しかったのだ。そうすれば、自分と同じか自分よりも蛙がさらに堕落《だらく》したことがわかるから。だが、蛙の返事は思いがけないものだった。蛙が嘘をついていることは明白だ。

でも、蛙の心の闇の深さを量れない山椒魚は、このことばにだまされて絶望する。

そして、物語は、

「山椒魚は悲しんだ」

という出発点に戻っていくことになる。

このあと蛙よりもずっと長生きする山椒魚は、愚かにもまた同じことを別の小生物に実行するのだろう。そして、最後に絶望してまた出発点に戻る。このようにして山椒魚はこの地獄を永遠に繰り返すことになる。

作者の井伏鱒二がこの話のどこかで打ち切らないで亡くなってしまったら、この山椒魚は未《み》来永劫《らいえいごう》この最悪の状態から救われないことになる。だから作者は最後の部分をカットすることで山椒魚を救ってやったのだ。さらに作者が五十年も経ってからこの作品のしめくくりを消しておこうと思うほど、この山椒魚の存在は作者の中に生き続けてきたことも伝わってくるのではないだろうか。

私たちは「友だち」とか「仲間」とかいう存在を作るが、そのときに相手が自分と同じ山椒魚だと思い込まないことだ。相手は蛙かもしれないということを絶えず意識して付き合わないと、いつかこの山椒魚と蛙の関係に陥《おちい》らないとも限らないのだから。

この物語では人間関係について、少し否定的な観点からとらえられているが、でも、対人関係について考えるとき、こういう難しさも潜んでいることを自覚しておいてもいいのではないだろうか。

井伏鱒二（いぶせ ますじ）

一八九八年（明治三十一）—一九九三年（平成五）。広島県安那郡加茂村（現・福山市）出身。本名は井伏満壽二。作家。筆名の「鱒二」は釣り好きからくる命名。もともとは画家志望で、中学校卒業後三ヶ月にわたり、奈良と京都を写生旅行する。そのときのスケッチをもって日本画家の橋本関雪《はしもとかんせつ》に師事を申し入れるが断られる。そのあと、兄の勧めで文学の道に進む。早稲田大学に進学後は岩野泡鳴《いわのほうめい》や谷崎精二《たにざきせいじ》らに師事を求める、大学は一時休学するが、そのあと復学が認められずに退学。同時に絵画を学んでいた日本美術学校も中退。

作家としては、一九二三年（大正十二）に同人誌「世紀」に参加。『幽閉』を発表。そのあと、佐藤春夫に師事し、雑誌「不同調」に『歪《いびつ》なる図案』を発表。初めて原稿料を得る。表題の処女作『山椒魚』は広島時代に在学した福山中学校で飼育していた二匹の山椒魚に題材をとる。一九三七年（昭和十二）、『ジョン万次郎漂流記』で直木賞。一九六六年（昭和四十一）には広島の原爆被災を題材とした『黒い雨』で野間文芸賞受賞。同年、文化勲章。

抵抗の歌　有間皇子《ありまのみこ》

出典『万葉集』（巻二　一四一　一四二『日本古典文学大系』岩波書店）

有間皇子、自《みづか》ら傷《いた》みて松が枝《え》を結ぶ歌《うた》二首。

磐代《いわしろ》の濱松が枝《え》を引きむすび真幸《まさき》くあらばまた還り見《み》む

今、磐代の浜辺の松の枝を結んで（幸いを祈るのだが）無事であったならば、また、帰ってきて（この結び松を）見よう。

　磐代…和歌山県日高郡南部町岩代

家にあれば笥《け》に盛る飯《いい》を草枕旅にしあれば椎の葉に盛る

家にいるときは、いつも笥に盛る飯を（囚われの）旅の途上なので、椎の葉に盛ることだ。

笥…器　ここでは飯を盛る器　お椀

（訳は旺文社『全訳古語辞典』宮腰賢・石井正己・小田勝著）

ここで問題にしたいのは、この二つ目の歌の意味だ。この歌は有間皇子が謀反《むほん》の疑いをかけられて、中大兄皇子《なかのおおえのおうじ》が一族で旅している和歌山の温泉地に連行されたときに詠んだものだ。死刑間近という極限状況にいる皇子がこの歌で伝えたかったことは何だったかということを考える。

まず一首目の歌は「生きて帰ってこられたらいいのだが」という願いみたいなものを感じるが、どういうわけか二首目の歌はそれに比べて、一見するとあまり深い意味は感じられない。どうして有間皇子は食事の様子を歌にしたのだろうか。ここで歌を残すということは、もし死刑になったとき（これはもうほぼ確定的なのだが）、あとに残される人たちへの最後のメッセージ、辞世《じせい》の句になる。それがこの「ご飯を食べるのに食器もなく不自由している」というような、あまり意味をなさない歌になっているのだ。

これはなぜなのか。だまされて捕らえられ、あまりにもひどい仕打ちに遭った無念の気持ちを家族に少しでも伝えておきたい、もう家族に二度と会えない苦しく辛い心境をなんとかわかってほしい。そんな胸の内を伝えたいと願っていたに違いないのに。

ここで、有間皇子が謀反の疑いで捕らえられ、死罪になるまでのいきさつを、『日本の歴史2　古代国家の成立』（直木孝次郎　中央公論社）の中から引用する。

謀反の計画
十一月三日、留守官として飛鳥の都に残っていた蘇我臣赤兄《あかえ》が、有間皇子をたずねてきた。（中略）皇子はよろこんで赤兄を迎えた。

赤兄の用件は皇子に謀反をすすめることであった。かれはいう。

「天皇の政治に三つの失敗があります。（中略）」

きびしい徴税《ちょうぜい》とはでな土木工事で民衆に不満の多いことを挙げたのである。皇子は大いによろこんで、

「この年になってはじめて兵を挙げるべき時がきた」

といった。孤独な皇子は、かれの立場にたって天皇と皇太子の失政を非難する赤兄を信用して心を許したのである。赤兄は、兄の石川麻呂が皇太子に殺され、日向《ひむか》が九州に追われたことを持ちだして自分も皇太子に恨《うら》みのあることをいい、有間の心を動かしたかもしれない。

しかしここで、有間皇子は赤兄が留守官に任ぜられるほど中大兄皇子の信用をえている人物であることを、よく考えてみるべきであった。（中略）若い皇子にはそこまで見通す

ことができなかったのだろうか。
一日置いて五日に、皇子はみずから赤兄の家に行き、楼《たかどの》にのぼって謀反の密議に入った。（中略）
密談の最中に夾膝《おしまずき》（ひじかけ、いまの脇息《きょうそく》）の脚がおれた。不吉の前兆と感ぜられたので会議を中止し、盟《ちかい》をたてて別れた。
皇子が宿にかえった夜半、赤兄は宮をつくるための人夫をあつめ、（中略）皇子の家をかこみ、一方、急使を紀《き》の温湯《ゆ》（牟婁温湯《むろのゆ》）にある天皇のもとにはしらせた。有間皇子は赤兄の謀略《ぼうりゃく》にみごとにひっかかったのである。（中略）
有間皇子は皇太子の温情を期待していたかもしれないが、太子の容赦《ようしゃ》ない訊問はその希望を微塵《みじん》にくだいた。中大兄が「なにゆえに謀反を企てたか」と問うのにたいし、有間は、「天と赤兄と知る。吾は全《もは》ら解らず」
と答えたと『書紀』にある。「わたくしはなんにもしらない」というのは、「中大兄皇子よ、あなたがいちばんよく知っているではないか」ということの反語ではあるまいか。多くの学者が推論しているように、赤兄の謀略は中大兄皇子の指令にもとづくものであろう。
有間皇子は十一月十一日に藤白坂《ふじしろのさか》（和歌山県海南市）で絞首され、…（以下略）

今だから言えるのかもしれないが、有間皇子という要注意人物が都にいることを知っていながら、中大兄皇子がわざわざ一族や要人たちを連れてのんきに温泉などに行くはずがない。さらに、有間皇子にとって千載一遇の機会と思わせる巧妙なわなを見ぬいて、皇子に忠告できる側近などもいなかったのだろう。

このような歴史的背景を念頭において、第二首目の歌の意味を考える。

私はまず有間皇子の無念さを思う。何のために自分は命を落とさなければならないのか。なぜそこまでして、自分たちの一族である中大兄皇子たちは、自分の家族に災いをもたらそうとするのか。（有間皇子の父孝徳天皇《こうとくてんのう》は難波の都に置き去りにされ憤死《ふんし》している。）皇子は中大兄皇子たちの底意地の悪さに暗然《あんぜん》としたことだろう。だまされ、囚《とら》われて、一方的に命を奪われようとするとき、有間皇子にできることは何だったのか。それは相手に弱みを絶対に見せないという意地しかなかった。

「あなたたちは、謀略《ぼうりゃく》によって私を殺そうとしているが、私の心までは犯させない」

皇子の気持ちはこの一点にあったと思う。絶対に弱みは見せられない。でも、家族にことばを残してやりたい。その両方の思いのぎりぎりの狭間《はざま》で詠われたのがこの歌だった。

「今、旅の途中で食事もまともにとれないが、お前たちとともに食事をして、温かく暮らした日々のことは今でも思っているし、死んでも忘れない」

と伝えているのだ。家族への思いをダイレクトに書くと、泣きごとに見えて、中大兄皇子たちはあざ笑うだろう。だから、表向きはこんなふうにさりげない歌にしたのだ。

中大兄皇子はこの歌にこめられた家族への切実なメッセージには気づかなかったことだろう。権力を握った者はいつの世でも傲慢《ごうまん》になり、大切なものが見えなくなってしまうのだ。

有間皇子の精神は敗北していなかった。そう考えると、皇子のいきどおりは、この一見なんの意味もなさそうな二首目の歌の中に、かえって無限に流れていることがわかる。

この二首目の歌については有間皇子の歌ではなく、無名の旅人の作った歌を有間皇子に託して『万葉集』に載せたのではないかという説もあるが、それはこの歌の真意を理解していないからであって、これは有間皇子でなくては作れない歌なのだ。

『万葉集』(まんようしゅう)

日本に現存する最古の歌集。七世紀後半から八世紀後半にかけて編纂《へんさん》される。天皇や貴族の歌だけでなく、防人《さきもり》や遊女など、さまざまな身分・階級の人々の詠んだ歌が収められている。その数は四千五百首以上。百年にわたった編集事業は四つの時期に分けることができ、作風もさまざま。

第一期は舒明天皇《じょめいてんのう》即位(六二九年)から壬申《じんしん》の乱《らん》(六七二年)まで。皇室に関わる歌が多く、代表的な歌人は額田王《ぬかたのおおきみ》。表題の有間皇子や藤原鎌足《ふじわらのかまたり》の歌もある。

第二期は、壬申の乱後から平城遷都《せんと》(七一〇年)まで。宮廷を賛美したり、旅に関わったりした歌が多い。柿本人麻呂《かきのもとのひとまろ》や高市黒人《たけちのくろひと》などが有名。天武、持統の両天皇や大津皇子《おおつのみこ》の歌も含まれる。

第三期は七三三年まで。自然描写に優れた叙景歌を詠む山部赤人《やまべのあかひと》、女性の哀愁を歌う坂上郎女《さかのうえのいらつめ》などの歌が有名。

第四期は七五九年まで。第三期の歌人である大友旅人《おおとものたびと》の子、家持《やかもち》が代表歌人。期をかさねるにしたがって、しだいに歌題になる地域に広がりが見られる。表題で取り上げた有間皇子は、大化改新後最初の天皇となった孝徳天皇の皇子。孝徳天皇は、遷都《せんと》のことで甥《おい》にあたる皇太子、中大兄皇子と意見を異にして失意のなかに崩御《ほうぎょ》する。その子、有間皇子もまた、中大兄皇子の策謀《さくぼう》にかけられ、非業《ひごう》の死をとげることになる。

近景から遠景へ　与謝野晶子

『みだれ髪』（与謝野晶子　角川文庫）

清水《きよみず》へ祇園《ぎおん》をよぎる桜月夜こよひ逢《あ》ふ人みなうつくしき

この短歌は与謝野晶子の歌集『みだれ髪』の中でも、代表的な作品として多くの人に知られている。私も中学生の頃に石川啄木《いしかわたくぼく》や若山牧水《わかやまぼくすい》の短歌などとともに、授業で教わったように思う。

それ以来この短歌に何の疑問も持たずに過ごしてきた。どんな参考書を見ても名歌として紹介されているので、ただ、「いい短歌だ」と信じてきた。でも、この歌のどこがどういうふうにいいのか考えたこともなく、それきりになっていた。

ところが、最近「清水へ祇園をよぎる」のは何か、あるいは誰なのだろうか、という疑問がわいてきた。「それは『桜月夜』だ」という人は、参詣人とともに月が祇園の空を渡っていったと説明するだろう。しかし、それなら「桜」と「夜」が邪魔になる。また、「桜月夜」を飛び越して「『こよひ逢ふ人』だ」と考える人もいる。それなら意味の続き方から見ると確かに納得できる。「清水をめざして、祇園を歩いている人たち」ということになるからすっきりする。だが、この短歌はそんな単純な意味のつながり方はしていない。間に「桜月夜」があって、ことばのつながり具合の邪魔をしているのだ。

与謝野晶子はきっと何かの意図があって、この歌のことばの順を今の形にしたはずだ。では作者はなぜこのような順にことばを並べたのだろう。「清水へ祇園をよぎる」のはどう考えても「こよひ逢ふ人」のはずなのに。

さらに「桜月夜」がこの歌の中心（五・七・六・七・七）にあることも、作者のしかけた何かがありそうなのだ。

例えば、

「桜月夜　清水へ　祇園をよぎる　こよひ逢ふ人　みなうつくしき」

と語順を変えてみると、そのつながり方は正確な表現になるのかもしれないが、やはり字数から考えても、ぎこちなくて落ちつかず短歌にならない。だからこのように並べるなら、作者はこの歌のことば自体を違うものに変えていたはずだ。

では作者は字数のバランスをよくするためだけに、「桜月夜」を歌の中心に置いたのか。でも、与謝野晶子が詠んでいるのだからそれだけではないだろう。

「いったいどうしてこんな語順で作者はこの短歌を詠んだのか」

この歌が気になりだした私はしばらくは暇があるとこの問題を考えていた。どう考えてもわからないのだ。

それから数日の間「桜月夜、桜月夜、桜月夜、桜月夜。」と時間があると、呪文《じゅもん》のように何度も「桜月夜」を繰り返していた。

ある日の夜も、また「桜月夜」をイメージしていたら、ふと次のような画面が頭に浮かんできた。

それはよく映画などで使われる技法で、近くの景色を撮っていたカメラを急に引いていって、今までの風景を遠くの点景に追いやる方法だ。

清水寺の夜桜見物のために、祇園をそぞろ歩いている浴衣姿《ゆかたすがた》の大勢の老若男女《ろうにゃくなんにょ》の行き来する春の夜のはなやいだ風景のイメージから、グーンと遠ざかっていき、祇園の通りの人々のにぎわいも闇の中に消え、その喧噪《けんそう》も聞こえなくなる。そして、最後にそれらが月明かりに照らされた、静寂《せいじゃく》で満開の桜の森に包まれた古都のシルエットに画面が広がっていったのだ。もう祇園や清水寺の明かりも夜の風景の中のある一点にわずかに明るんで見えるだけだ。

京都ならではの夜桜見物の華やかな情景と、それを大きく取り巻く静かな月と闇に沈んだ桜の森。それこそ古都京都の雅《みやび》というものではないだろうか。与謝野晶子は、京都の夜桜見物の様子を表現しながら、同時に京都のもつ古都の奥深い情趣までこの短歌でとらえていたのだ。

与謝野 晶子（よさの あきこ）

一八七八年（明治十一）―一九四二年（昭和十七）。歌人、作家、思想家。本名は志やう《しょう》。出身地は大阪府堺市。生家は、和菓子屋。堺女学校時代には、『源氏物語』を読み、兄、秀太郎の影響で、尾崎紅葉《おざきこうよう》、幸田露伴《こうだろはん》、樋口一葉《ひぐちいちよう》などの小説にも親しむ。二十歳の頃には店番をしながら短歌を詠み、投稿もするようになる。

一九〇〇年に、与謝野鉄幹《よさのてっかん》が主宰する新詩社の機関誌「明星《みょうじょう》」に短歌を発表。翌年上京し、処女歌集『みだれ髪』を刊行。女性の官能をおおらかに詠《うた》い上げる歌風は、伝統的歌壇からは批判を受けたが、大衆に受け入れられ、浪漫派《ろうまんは》歌人の地位を築く。

一九〇四年（明治三十七）、日露戦争における旅順《りょじゅん》攻囲戦に加わった末弟を思う詩『君死にたまふことなかれ』を発表。天皇批判とも受け取れる文言《もんごん》に批判を受けたが「歌はまことの心を詠うもの」と一蹴《いっしゅう》、一九一一年（明治四十四）には日本初の女性文芸誌「青鞜《せいとう》」に『山の動く日きたる』を寄稿《きこう》し、女性解放家としての一面も示す。

俳句の世界　正岡子規《まさおかしき》

夏嵐《なつあらし》机上《きじょう》の白紙飛び尽《つ》くす

出典『寒山落木《かんざんらくぼく》』(『日本の詩歌』中央公論新社)

俳句は極端に短いことばで多くの内容を表現する、時間的にも空間的にも広がりをもつ芸術といわれている。そこで、この俳句でどこまで想像の世界を広げられるか試してみる。

まず作者が正岡子規であり、彼が重い病気にかかっていたことを伏せた状態で、このシーンを思い浮かべると不自然な点があることに気がつく。

いきなり激しい嵐になって、机の上の何十枚もの白紙が全部飛んでしまったとある。一枚や二枚の白紙ではないところと、机上にあることから考えて、この白紙は原稿用紙のようにまとめて重ねてあったものだろう。原稿用紙だとするならその飛散のしかたも豪快で、それが部屋一面に散乱してしまったのだ。

でも、その白紙が舞い上がっているときに、奇妙なことに作者はまったくその白紙を押さえようとしていない。

料金受取人払郵便

新宿局承認

2524

差出有効期間
2025年3月
31日まで

（切手不要）

郵便はがき

160-8791

141

東京都新宿区新宿1－10－1

（株）文芸社

愛読者カード係 行

お名前《ふりがな》		明治 大正 昭和 平成 年生 歳
ご住所《ふりがな》	□□□-□□□□	性別 男・女
お電話番号	（書籍ご注文の際に必要です）	ご職業
E-mail		
ご購読雑誌（複数可）		ご購読新聞 新聞

最近読んでおもしろかった本や今後、とりあげてほしいテーマをお教えください。

ご自分の研究成果や経験、お考え等を出版してみたいというお気持ちはありますか。

ある　ない　内容・テーマ（　　　）

現在完成した作品をお持ちですか。

ある　ない　ジャンル・原稿量（　　　）

書　名				
お買上 書　店	都道 府県	市区 郡	書店名	書店
			ご購入日	年　　月　　日

本書をどこでお知りになりましたか?

1.書店店頭　2.知人にすすめられて　3.インターネット(サイト名　　　)

4.DMハガキ　5.広告、記事を見て(新聞、雑誌名　　　)

上の質問に関連して、ご購入の決め手となったのは?

1.タイトル　2.著者　3.内容　4.カバーデザイン　5.帯

その他ご自由にお書きください。

(　　　)

本書についてのご意見、ご感想をお聞かせください。

①内容について

②カバー、タイトル、帯について

弊社Webサイトからもご意見、ご感想をお寄せいただけます。

ご協力ありがとうございました。

※お寄せいただいたご意見、ご感想は新聞広告等で匿名にて使わせていただくことがあります。

※お客様の個人情報は、小社からの連絡のみに使用します。社外に提供することは一切ありません。

■書籍のご注文は、お近くの書店または、ブックサービス(0120-29-9625)、セブンネットショッピング(http://7net.omni7.jp/)にお申し込み下さい。

風で紙が飛びそうになったら、誰でもあわてて手で押さえようとするはずだ。そして、すぐに近くにある何かでその紙を押さえて、風が吹きこんでくる縁側の戸を閉めるだろう。作者はその紙が散乱するのを観察していたのだろうか。いや、家の中に雨風が降りかかっている状況だからそんな気にはならないはずだ。

では作者は別の部屋にいて、白紙が散乱したあとに部屋を見に行ったのだろうか。だが、それなら空模様が怪しくなりだした時点で、まず雨戸を閉めるだろう。また、作者が出かけていたときのできごとなら、雨戸は前もってどこも閉めてあるはずだ。ということはやはり「飛び尽す」のことばから考えても、作者は白紙が舞い上がっている場面を初めから見ていたのだ。

白紙が散らばる現場となったその部屋にいても、作者は事情があってその机上の白紙を押さえることができないでいる。同じ部屋にいてもその机まで手を届かせることもできない状態、つまり体が動かせない状態であることがここまでで予想できる。

次に作者が正岡子規であることを念頭に置いたうえでこの俳句を考えてみる。子規は、明治の人で、後半生を東京で過ごし、母親と妹との三人暮らしだった。彼は、一八九五年（明治二十八）五月、二十九歳のとき喀血《かっけつ》し、翌年三月には腰痛（脊椎《せきつい》カリエス）にさいなまれるようになった。彼は寝たきりの病床生活を送るようになっていたのだ。この「夏嵐…」の句はその頃に詠んだ句だ。

こういう予備知識を持って、この俳句についてさらに推理を深めていく。

まず作者が寝たきりなので、先ほどの机上の白紙はチリ紙ではないことがわかる。チリ紙なら病人の手の届く枕元にあるはずだから。さらに、新たに問題が出てくる。それは「夏嵐」というのに縁側が開けっぱなしになっていることだ。もちろん子規に雨戸は閉められない。ひどい嵐だというのに、こんな寝たきりの病人を一人にして、一緒に暮らしているはずの母親と妹はどうしていたのだろう。

母親や妹が嵐の時に子規を一人にしておくことなど考えられない。それでも二人ともその嵐の時には家にいなかった。こうした状況から考えると、きっと母親や妹はそう遠くないところに買い物か何かの用事で、ほんの少しの間出かけていただけに違いない。もし、遠くへ行くとするなら、必ず戸締まりをしたはずだし、それよりも前に重病の子規を一人にして二人とも遠くへ出かけるはずはない。これらの状況から判断するとこの嵐が夕立ちだったことがわかる。

きっと母や妹は、あるいは、どちらか一人は嵐の中を大あわてで家に向かっているはずだ。その間も開けっぱなしの縁側には雨がびしゃびしゃはねかえり、嵐で細かな葉っぱやちりも舞いこんできているだろう。何度も稲妻が光り、雷鳴がとどろき、急激に暗くなった部屋中に大きな白紙がみるみるうちに舞い上がって、散乱してしまったのだ。

子規は家族を呼んだかもしれない。しかし、返事はなく、雨が子規の寝ている布団にまで容《よう》赦《しゃ》なく降りかかってきている。暗くなってしまった部屋の惨状《さんじょう》をなすすべもなく見つめている孤独な子規の表情や、寝たきりの姿が暗闇の中から浮かんでくる。子規は目の前で起こっている現実に何の手だてもなかったのだ。

子規自身は「写生」ということを言っているので、見たままを表現したに過ぎないのかもしれないが、この情景を俳句に結晶させたこと自体、子規の内面の世界に通じる何かがあったから作られたはずだ。また、写生といっても俳句に詠む気になった時点で、すでにその作者の心が反映されているので、心の伴わない単なる写生は実はありえないことになる。

母親や妹が息せききって帰ってきて、暗くなった部屋で、布団で寝たまま水を被った子規の姿、そして部屋中に散乱した白紙、水びたしの縁側に散らかっている葉っぱやチリなどを見て驚き、あわてたことだろう。

病気で寝こんだままの子規は、自分が身動きできないことをあらためて思い知らされるできごとに遭遇して、いらだちと悲しみに襲われたかもしれない。もしかしたら激情家の子規は病人の甘えもあって、母親や妹に口汚《くちぎたな》く当たったかもしれない。当たられた方も返事のしようがなく、大急ぎで電気をつけて子規の世話をしたり、縁側の雨戸を閉めたりしただろう。

そうこうしているうちに雷雲も遠ざかり、何もなかったかのように真夏の昼下がりのカラッとした天気に戻り、雨戸をまた開けて、三人とも「やれやれ」と一息つき、母と妹は夕飯の支度にとりかかったかもしれない。あるいは二人が家についた時には嵐はもうやんでいたかもしれない。

このように優れた俳句は五七五というわずか十七文字の中に、それぞれの季節で展開される日常のちょっとしたドラマを見事に表現してみせる。

また、季語には俳句のイメージをふくらませる効果がある。だから季語を有効に使うことによって、一つの風景の中にいる作者の営みが強い印象として残される。幸いなことに日本語のほとんどの言葉は季語として扱われるようにできている。もちろん季語がなくても問題はないし、十七文字にこだわることもない。今でも多くの人々に親しまれている日本語特有の身近な芸術と言われる所以《ゆえん》であろう。句を詠んだときのその日その時の雰囲気がよみがえってくることで、自分の人生のある瞬間を確かに生きたという実感を持てることが嬉しいのだ。

さらに日本という島国の中にあって、住む地域が違っていても人々は四季それぞれに似たような経験をしていることが多いので、他の人の俳句の心もそのままではなくても、それぞれの経験の中で理解し共感しやすいのだ。

正岡 子規（まさおか しき）

一八六七年（慶応三）―一九〇二年（明治三十五）。名は常規《つねのり》。俳人、歌人。出身は現在の愛媛県松山市。一八九二年（明治二十五）に新聞「日本」に入社。翌年に「獺祭書屋俳話《だっさいしょおくはいわ》」を連載し、俳句の革新運動をはじめる。

一八九五年（明治二十八）には、一時帰省した松山で柳原極堂《やなぎはらきょくどう》とともに俳句雑誌「ホトトギス」を創刊（二十一号より東京にて高浜虚子《たかはまきょし》主宰）。また、歌会なども主催して、俳句や短歌の世界に大いに貢献した。

自身は結核をわずらうが、暗い影もなく病床生活を随筆『病牀六尺』に著す。また、「ホトトギス」という俳誌名は、たびたび繰り返す吐血《とけつ》を、血を吐くまで鳴く鳥といわれるホトトギスに喩《たと》えたのだという。当時日本に伝わったばかりの「野球」とも縁が深く、「野球（のぼーる）」（幼名は、処之助《ところのすけ》、のちに升《のぼる》と改めた）という号を用いたこともあり、これは「ベースボール」を「野球《やきゅう》」と訳した中馬庚《ちゅうまかのえ》よりも早い。また、現在使われている日本語表記の野球用語の多くは子規が訳している。

小岸玲子《おぎしれいこ》先生

私は悲しいことに十代の学生時代に良い思い出はほとんどない。それは周りのせいではなく自分の性格が災いしたからだ。何かをやりとげたということもないし、友情や異性との交際で温かい思い出を持ったこともない。勉強はしないし、学校の行事に自分から進んで参加したこともなかった。とにかく毎日張り合いのない後悔だらけの十代を過ごしてきた。

しかし、こんな私でもたった一つだけ心に残る思い出がある。

それは中学一年生のときの経験だ。私は昭和三十五年に大阪市立相生《あいおい》中学校に入学した。相生中学校は開校して一年目か二年目かだったろう。私たちの時代はいわゆる団塊《だんかい》の世代で、学区で中学校が増設されて二つに分かれても、一学年が十五クラスもあって、一クラス四十数名の生徒がいた。とにかく生徒は教室に、また学校にあふれかえっていた。

当時は相撲が盛んで学校にも相撲場が作られて、引退した大関松登《まつのぼり》一行が土俵開きで来たのを覚えている。

私はどういうわけか小学校の担任は男性の先生ばかりだった。一度は女性の先生が担任にならないかと思っていたら、中学校一年生のときに小岸玲子という音楽の先生が私の担任になった。三十代の半ばといったお年ごろで、結婚されていて、丸顔で笑顔が優しかったのを今も忘れない。私は品行方正でも学力優秀でもないのに、見かけだおしのため学級委員に選ばれた。しかし、家でも遊んでばかりいて、まじめに勉強した覚えはなかった。

そんな私でもそのときは私なりに学校は楽しかった。

夏休みになった。当時は夏休みになると、「夏休みの友」というありありがたくない問題集と日記の宿題が必ず出された。これは私たちの時代では定番だった。私は遊ぶことと十四インチのテレビを見ることに夢中で、宿題も日記帳もそっちのけだった。同じような子もけっこういたかもしれないが……。

そして、八月も後半に入り、いよいよ新学期が近くなるとせっぱつまってきた。日記帳は天気の欄なんかいいかげんに書き、内容もでたらめに思いつくことを書いて、とにかく日記帳を埋めていった。もちろん、一日、一行二行は当たり前だった。ところが、八月の後半になると、ついに書くことが底をついてしまった。困ってしまって、

「今日は何もなかった」

と書いた。どうせ提出するだけでどうなるわけでもない、出せばいいんだと自分に言い聞かせながら。

九月になって他の宿題とともに日記帳を提出した。表紙には絵を描くようになっていた。何を描いたか忘れたが、とにかくそれも何とか描いて、素知らぬふりをして提出した。やっと夏休みの宿題から解放されたと思った。それで日記帳のことはすっかり忘れて、二学期を過ごし

ていた。

十月頃だったかと思う。小岸先生が夏休みの日記帳をみんなに返した。私はハッとして赤くなった。まさか返ってくると思っていなかったし、日記帳のことは忘れてしまいたかったから。日記帳が返された日、家に帰ってそうっとその日記帳を開いてみて驚いた。私の日記帳の毎日の欄のすべてに、赤ペンでコメントが書いてあった。ということは、四十数人の生徒全員のすべてのページに、先生はコメントを書かれたということになる。もちろんそのときは他の人たちのことまでは考えなかった。とにかく自分のでたらめな日記帳のすべてにコメントが書いてあったのだ。

そして、例の「何もなかった」と書いた日の頁には、びっしりと先生の意見が書いてあった。内容はほとんど覚えていないが、

「何もないという日はないでしょう」

といった内容だったように思う。今、思うと毎日の日記帳の字が同じなのだから、まとめて書いたことも先生は気がついておられただろう。それでも私が毎日書いたと信じて、それにまっすぐにつきあってくれたのだった。

さらに、二学期に次のような経験をした。それは音楽の時間だった。もちろん小岸先生の授業。私は隣の席のU君とずっとおしゃべりをしていた。そしてその授業が終わったとき、先生が、

「小室君、U君、ちょっと残りなさい」
といわれた。
「授業中、何やっていたの？　どうしておしゃべりばかりしていたのですか？」
と言って、私たちをにらまれた。二人はピアノの前で気をつけの姿勢で立ったまま返答できなかった。先生のにらんだお顔は少しも怖くなく、半分優しくも見えた。そのときのお顔は、今でもはっきり目に浮かぶ。周りで級友たちがニヤニヤして見ていた。私はいつの場面でもとりつくろうことばかり考えて生きているような子どもだった。だからそんなに真正面から大人に叱られたという経験はそれまでなかっただけに、先生が私たちに注いでくれているまなざしがかえって嬉しかったことを覚えている。

一学年が終わりに近づいた三学期に学級の文集を作ることになった。私はそういうときは決まって委員に選ばれた。字だって下手な方だったけれど、見かけをとりつくろって生きていたから、こういう時にはいつも困った。今のようにパソコンなどなかった時代で蠟《ろう》引きの原紙に鉄筆で書いていく謄写版印刷というものだった。私は前後の記憶がないので、どこまでまじめにやったのか今は覚えていない。

ある土曜日のことだった。その日は放課後、教室に残って文集作りをすることになっていた。私とHという友だちと二人だ。

私はH君に、

「やりたくないね。何か理由をつけて帰ろう」

ともちかけて、帰る支度をして職員室に行った。そのとき職員室は新校舎の建設中だったのでプレハブだった。

今の子たちは用事だとかなんとかいって、職員室によく出入りするのだが、私たちのころ、生徒は職員室にめったに行かなかった。記憶では私がそのプレハブの職員室に行ったのは、そのときの一回だけだったような気がする。ついでに書くと、ふだん保健室にも一度も行かなかった。膝をすりむいて血が出ても行かなかった。そのくらいで行くものとは思ってもいなかった。

二人は、職員室の戸を開けて入り口で小岸先生を呼んだ。先生は私たちがカバンを肩にかけているのに気がついた。

「あら、どうしたの？」

と先生が入り口近くの自分の席から立って来られた。

「先生、今日、用事があるので帰ります」

うしろめたい気持ちになりながらも嘘をついた。

「あら、そう？」

と先生はひとこと言ったあと、そのときほんの一瞬だが、目が暗くなったのを私は見てしまった。

「じゃあ、また別の日にお願いしますね」

先生はいつもの調子の明るい笑顔に戻ってそう言われた。

二人はそのまま校門を出た。H君は別の小学校から来ていたので、学校からすぐの角で二人は別れた。

私は歩きながら先ほどの先生の一瞬暗くなったまなざしを思い出していた。

「いいや。家に帰ろう」

と自分に言い聞かせてもだめだった。

私はそのあと橋を渡ってしばらく歩いてから、少しずつ気が変わってきて、

「今からでもやっていこう。H君は帰ってしまっても、自分一人でもやっていこう。そうだ。そうしよう」

と思うと振り返って、勢いよく走りながら学校に戻っていった。その時はH君を裏切ることになるとは考えていなかった。そして、職員室の戸を開けて小岸先生を呼んだ。

「先生、ぼく、やっぱりやっていきます」

「あら、そう」

先生の顔が、パッと明るくなった。

「原紙をください」

「あら、あなたたち、いっしょじゃなかったの？　さっきH君が持っていったわよ」

H君も戻ってきていたのだ。

私は嬉しくなって肩かけカバンを揺らしながらプレハブの教室に走っていった。

そのとき小岸先生はどんな目で私の後ろ姿を見ていてくれたのだろう。私は残念なことに振り返ることもせずに教室に向かったのでわからなかった。

そんなことがあって、中学一年生の最後の学級の時間になった。先生がお話を始められた。この学級の一年間の様子について話され、そして最後に先生がその年に退職されると話しだされたとき、私はびっくりした。ほかの生徒たちも、

「えーっ」

と驚きの声をあげた。先生は、

「みんな、知っていると思っていたよ」

と言われた。私たちは、

「知らなかったよー」

と口々に言った。私はやっと自分を見ていてくれる先生に出会い、三年間、小岸先生と過ごせるものと思っていた。たぶん、他の級友も同じだっただろう。

先生は音楽を教えておられて、持ち時間が多いので一度も担任をしたことがなかったのだそうだ。しかし、体が弱いため二度ほど流産が続いたので、退職することにして、最後の思い出に校長先生に無理を言って、担任をさせてもらったということを説明された。私はそれをぼう

ぜんと聞いていた。泣いている女の子もいたかもしれない。私は周りを見る余裕などなかった。

そのあと紆余曲折《うよきょくせつ》はあったものの、私は埼玉の中学校の教員になってから、中学時代が懐かしくなって、十五年ぶりに大阪に戻った。私はその土地ではこの思い出の他にいいことは何もなかったので、その土地を去る時、

「二度と戻ってくるもんか」

と思っていた。

でも、さすがに十五年もたつと懐かしさがこみあげてきて帰っていった。昔の記憶をたどりながら、トロリーバスの通っていた大通りから運河の手前の信号を左に曲がり、商店街に入ってすぐの左側に私が通った小学校があった。大阪市立神路《かみじ》小学校という。学校の前の酒屋さんはそのまま残っていた。同級生の男の子がそこにいたのでよく覚えていた。たまたまその友だちの父親を見かけた。あいさつはしなかったが、昔と少しも変わっておられなかった。

小学校に入り、職員室に行って事情を話し、校内に入れてもらった。すると、運動場が自分の記憶より四分の一ほどに小さくなって見えた。その運動場では友だちと休み時間になるとよく相撲をとったりしていた。教室に行ってみようと思ったら、夏休みで防火ドアが閉まってて、一階の数段だけ見える石の階段の中央部分が生徒の昇降で湾曲しているのに驚いた。相当な年数を重ねていることを実感した。

次に小学校を出て、自分が住んでいた家に向かった。するとすぐに着いた。町も思っていた

よりずっと狭く感じられた。私の家族が住んでいた借家は小さな平屋で、屋根だけ残して中はガレージになっていた。

表通りのお菓子屋さんのおばさんにあいさつをしたら、おばさんが覚えていてくれた。私は小学校の低学年の頃はくじ運がよくて、一個五円ぐらいのその場で包みを開ければわかる、くじのついたガムを買って、剝がしてみると三つも四つも当てたことがあった。また、近くの市場の開業を記念した抽選会でガラポン抽選機（というらしい）を回して、二等の洋簞笥《ようだんす》を当てたことがあった。一等が十四インチのテレビだったので、私はあまり嬉しくなかった。でも、母親がうろたえていたのを覚えている。残念なことに私のくじ運はそこで使い果たしてしまった。

それから橋を渡って中学校に行き、事情を話して小岸先生の住所を尋ねた。すると退職者の書類は十五年保存だそうで、先生は私が中一の終わりに退職されており、書類は処分されたばかりということだった。二年遅かったのだ。

そのあと記憶をたよりに友だちの家を何軒か回ってみたが、それぞれの事情があって誰にも会えなかった。中には大学時代に亡くなっている人もいたことをそのとき知った。

それから、中学時代に好きだった同級生の家にも行ってみようと思って、道を思い出しながら歩いてみた。すると見覚えのある家並みがあり、そのあたりを探してみたが、表札の名前が違っていた。その向かい側に男友だちの家もあり、よく遊びに行ったのだが、そこの表札の名前も違っていた。しかし、建物の形からしてどう考えてもそこ以外にないと思った。念のためにグルグルそこらを歩いてみたが、結局見つけることができなかった。

私は小岸先生との再会はあきらめて埼玉にもどった。もし私が小岸先生に会えたら、きっと泣いて喜んで迎えてくださったにちがいない。私は最初に例の夏休みの日記の件を白状し、先生に謝って、その後の自分の過ごしてきた一部始終を長々と先生にお話ししただろう。先生は私のどんな話にもきっと優しいお顔で、うんうんとうなずいて、涙を拭きながら聞いてくださっただろう。

もし、今、一度だけ昔に戻れるなら、私は迷うことなく中学一年生の時代に戻してもらう。教室はプレハブの一階にあった。私は教室の入り口に立つ。その教室には昔のままの小岸先生がいらっしゃって、友だちもみんな昔のままだ。私だけは今の自分で。

教室の戸をガラリと開けると、私を見て、みんな「ワッ」と笑顔になって迎えてくれる。そこへ私はあいさつして入っていく。先生も友だちも喜んでくれて、先生は朝の会を始められ、大人になった私を紹介してくれる。

その日は先生とクラスのみんなといっしょに暮らす。授業中はみんなこそこそ私の方を盗み見てニコニコしてくれる。休み時間には私を取りまいて、大阪弁のあの懐かしいイントネーションでどこに住んでいるかとか、何をしているかとか、目を丸くして聞いてくれる。そして、あふれるような幸せな一日が終わりに近づき、掃除の時間になったら昔の友だちといっしょに、

「ようし、いくよ！」と気合を入れて、みんなと汗を流しながら一生懸命教室の床を雑巾で拭き、すみずみまできれいにして、机を並べて、悔いを残さないようにする。そして、太陽も少し傾きかけた時間になって、セピア色に染まった教室で、帰りの会に小岸先生と級友といっしょに歌を歌って、あいさつをして静まり返った廊下に出る。

それから職員室で小岸先生とお話をしてお別れして校舎を離れ、夕暮れどきの明かりのともった町の中、橋をわたり、昔住んだ家の前を通り、小学校の前を抜けて、信号を渡り、ＪＲの駅に向かって……。

私は現役の教員の時、生徒たちと掃除をするのが好きだった。そして、この大阪へ帰ったあとでは担任をしていた時は特に、中学一年生の小岸先生のクラスに戻ったつもりで、生徒たちを私の昔の級友とかぶらせて、楽しく掃除をしてきた。とにかく授業も給食も掃除も、明るく楽しく生徒たちと過ごせたことが何よりも幸せだった。

静寂

私の家の近くに川越線（ＪＲ東日本の路線）に沿って、田んぼの中央を五百メートルほどまっすぐに伸びた道がある。そこでは空全体が丸く見わたせて、西に秩父連峰や富士山も望めるので、毎日の散歩道にしていた。

十月の田んぼは収穫も終わり、刈った稲の根っこが残り、翌年に向けて長期の休眠に入ったような静けさが漂っていた。

昼下がりになって、私は図書館から自転車で帰る途中、もう夕闇がしのび寄ってきていて、あたりが薄暗くなりだした頃に、田んぼ道の中ほどにさしかかった。そのとき小鳥の鳴き声が聞こえてきた。日ごろ鳥類に関心がなかった私でも、その声の異常さに気がついた。

それは「ピッ」「ピッ」「ピッ」「ピッ」と何度も続き、その声には妙に緊張感があった。とにかくその連続音といい、緊迫感といい、私に何ごとだろうと思わせる鳴き声だった。

私が自転車を漕いでいくと、その声が次第に近くなってきた。そして、すぐ間近で聞こえた所で自転車をとめて、降りずに足を着いたまま左側を見ると、耕運機を田に入れるために角に盛った土が扇状になっている所で、ハクセキレイと見られる小鳥が、緊急《きんきゅう》を思わせる声を発しながら、九十度になっているその扇の円のすその所を、こちらから向こうへ、そして、向こうからこちらへ盛り土の方を向いたまま横にピョンピョンはねるようにして往復していたのだ。私がすぐ近くで見ていることなど気がつかない様子だった。

その張りつめた声が静まり返った遠い田んぼの向こうまで響いていた。

その小鳥が三往復ほどしているのを見たあと、その小鳥は何を見ているのかと思って、小鳥の視線の先を見ると、少し大きめのハクセキレイが盛り土の中央の、ちょうど鳴いている小鳥の方を向いてうずくまっていた。小鳥はこのうずくまったハクセキレイに向かって鳴いていたのだった。

私はすぐにその小鳥が死んでいることに気がついた。

しばらく見ていると、その盛り土を囲むように跳ねながら鳴いていた小鳥が、今度はそのうずくまったハクセキレイの右側から登っていって立たせようとしたのだろう、小鳥の左側の翼をくちばしにくわえて力をこめて持ち上げ、立たせようとした。すると小鳥は空中に一瞬持ち上がったが、すぐに元のようにうずくまってしまった。小鳥はそれを何度も繰り返した。五回も六回も。

不思議なことに、持ち上げられたハクセキレイは傾いたり、ひっくりかえったりせずに、元のしゃがんだ姿のまま地に戻った。それを何度も繰り返しているうちに、疲れてきたのか、次第に持ち上がらなくなっていった。それでも小鳥は鳴きながら繰り返すのだった。

そのとき私はその小鳥に、動かない小鳥が死んでいることを教えてあげなくてはと思ったが、どうしていいのかわからなかった。手だしをすることは許されないと思った。私はこの小鳥の悲痛な鳴き声と懸命な行動に圧倒されていた。

そのあと私はその小鳥の邪魔にならないように静かに自転車をこいで家路についた。家に帰ってからも、

「あのとき、自分は何もできないし、何もしてはいけなかったのだ」

と言い訳めいたことを考えていた。

翌日、私は前日のできごとをあまり意識はしていなかったが、ちょうど前日と同じように薄暗くなった時分にその道を通ったので、昨日の小鳥たちはどうなったのかと気になりだした。すると、昨日と同じ場所あたりから、

「ピーッ」「ピーッ」「ピーッ」「ピーッ」

と昨日とは違って、鳴き声を長く引きのばした小鳥の声が聞こえてきた。何度も鳴き続けていた。私は昨日の現場に着いたら、その田んぼの盛り土の近くの、隣の田とのしきりになっているせまい土手の上に立って、昨日のハクセキレイと思える（そう思いたい）小鳥が遠くを見渡しながら、四方に体を向けては「ピーッ」と声を切ないほど長く伸ばしてさかんに鳴いていた。

昨日の盛り土の上を見ると、うずくまっていた小鳥はどうしたことかいなくなっていた。小鳥はたぶんつがいであろう死んだ鳥を捜して鳴いていたのだ。小鳥は懸命に鳴き続けていた。

四方に向かって、身も世もなくただただ鳴いていた。

その翌日、また、同じような時刻に自転車で田んぼの中道を通った。あの小鳥はどうしただろうと思いながら。そして、その場所にさしかかったが、もうその小鳥はいなかった。周囲には一羽の鳥の影もなく、しばらく立ち止まったあと、薄暗闇と静寂の中を私は家路についた。

掲示板のうた

　どこの学校でも外庭に掲示板があって、いろいろな使い方がされている。でも、あまり有効に利用されているようには見えなかった。なかには校舎の見取り図やちょっとした通知みたいなものが貼ってあったり、何も掲示されていなかったりという状態だった。

　そこで私は自分が勤務した学校の掲示板を何とか有効活用できないかと考えるようになった。最初のころは詩の本から抜きだして模造紙に書いて掲示していたが、退職するころになり、自分でも書いてみたくなって、退職後も許可を得て、八月を除く毎月掲示させてもらうことになった。

　内容は季節に合わせたものや、学習の方法や、社会のできごとの感想など。始めてみれば材料はけっこうあって困ることはなかった。似たような題になることもあったけれど。

　とにかく、退職して二十年ほど経った現在も継続させてもらっている。その中のいくつかをここに残しておきたい。

和歌と俳句

日本人は古来三十一文字の和歌を詠み
さらにわずか十七文字の俳句まで発明した
歴史は時代の大きな流れから
それにそった人間の営みに焦点をあてるが
人は歴史的な事件のためだけに生きてはいない
営々と営まれる平凡な暮らしの中から
四季の移り変わりや人とのかかわりを
リズムのあることばでとらえようとして
あれこれと選ぶことに苦心し
日々の楽しみとしてきた
今でも多くの人が作り続けている
これは他に類をみない日本語ならではの
まさしく世界に誇る大衆の文学だ

過去問

入試問題は得点に差をつけなくてはならない
難しすぎても易しすぎてもいけない
だから難しい問題にはどこかにヒントを潜ませ
易しい問題には不注意ミスを誘うしかけがある
内容が違っても出題のしかたは例年ほぼ同じ
このしかけを見ぬいて慣れるためには
過去の入試問題を何度か繰り返すといい
すると教科ごとのポイントが見えてくる
もちろん知識も必要だが
準備で養ってきた確かな自信と
問題の意味を見ぬく目も試される
試練を乗りこえるためのテクニックも
大事な学習の一つだ

試験にむけて

自分がやってきたことだけで
ベストを尽くすしかないと決める
採点する人の身になって
鉛筆は見やすい濃さで
字の大きさにも気をつかい
きれいでなくてもていねいに
名前は初めにしっかり書く
難しそうな問題にはヒントがあり
易しそうな問題には落とし穴があって
うっかりまちがいで差がつく
国語の作文は必ず書く
試験は自分の弱気との闘いであるが
落ちつきと人への思いやりも試される

花びら

満開の桜を見るとため息がでる
桜の花びらの淡いピンク色は
桜の木の全身から造られているという
その数えきれない億万の花びらの
どの一枚として美しくないものはない

ことばは人が造る花びらではないか
なにげなく使っている日常語も
その人の歴史のすべてから生まれてくる
私たちの使うことばも
桜の花びらのように美しかったら
町は一年中満開の花園になるだろう

満開の春

今日の天気は花曇り
街路樹の桜が満開で
多くの人がのんびりと歩いていた
公園内もにぎわって
出店なんかもいくつかあった
そこから川沿いの道をぬけると
乾いた田んぼが一面に広がって
今度はにぎやかなのが雲雀《ひばり》たち
春の到来《とうらい》がよほど嬉しいらしく
もうあちらこちらで
はちきれそうに鳴きまわる
むじゃきで喜びにあふれた
満開の世界がここにもあった

出会い

「こんにちは」
十数年前の四月一日のお昼どき
中庭で二人の女子生徒にあいさつされた
「新しい先生ですか」
その内の一人が声をかけてきた
返事をすると「よろしくお願いします」
とまた二人の明るいあいさつが返ってきた
先ほどの生徒がそのあと笑顔で
「先生、私の担任の先生になってください」
こんな経験は初めてだった
さらに始業式で二人ともクラスにいて驚いた
今でも学校にきて生徒にあいさつされると
この温かい思い出がいつもよみがえる

万葉の風

春過ぎて夏来《きた》るらし白たへの衣干《ころもほ》したり天《あま》の香具山《かぐやま》

持統天皇《じとうてんのう》『万葉集』

青葉若葉が生いしげる季節
作者はお供の人たちと
大和《やまと》の盆地を見渡している
香具山のふもとには
白い衣がそこかしこに干されていて
五月の暖かい南風に
ふくよかになびいている
新緑に包まれた香具山と
ひるがえる白い衣の波
そこにはっきりと夏の到来を見た

出会い（益田勝実先生）

出会いが人生を決めることがある
私の場合は一人の先生との出会いだった
大学まで進みながら
勉強が好きでなかった私が
学問の楽しさを教わったのは
その先生の授業でだった
卒業間近のある寒い日、先生に
田宮虎彦《たみやとらひこ》の「絵本」という小説を
その日の授業をまるまるかけて
後半になると声を嗄《か》らして
読んでいただいたのを覚えている
その大学の先生の教えが
そのあとの私の仕事を支え続けてくれた

夏嵐

夏嵐机上の白紙飛び尽す
正岡子規《まさおかしき》

真夏の夕方、辺りが急に暗くなり
閃光《せんこう》がきらめき雷鳴がとどろきわたって
いきなり嵐が襲ってきた
母も妹もでかけていていない
あけ放たれていた縁側から
激しい雨と風が容赦《ようしゃ》なく降り込んできた
座卓の上の白紙が
バラバラと部屋中に散乱する
それでも重病で動けない子規には
どうすることもできない
とうとう白紙はすべて散らばってしまった

親父の仕事

親父の仕事は倉庫の管理
仕入れた紙を倉庫に運ぶ
夏休みに息子が手伝いに行った
「なんだ、こんな単純作業
力は親父よりずっとある」
どんどん束を積んでいき
親父の積んだ紙束《かみたば》と
ふと見くらべて驚いた
自分が積んだ紙束はふぞろいなのに
親父の紙束はきっちり整えられていた
「そんなことがあって
ぼくの気持ちは変わった」
とやんちゃ坊主が教えてくれた

仙《せん》崎《ざき》

山口県の長門《ながと》のはずれの岬に
北は日本海に面し
南は幾重《いくえ》もの低い山に囲まれた
おだやかで静かな仙崎がある
「こんな小さな岬の町ですが
お寺や銀行がいくつもあるのですよ」
駅前のかどの乾物屋《かんぶつや》の女主人が
旅人の私に教えてくれた
うわついたところがひとつもない
おとなしい町がたたずんでいた
そこから王子山《おうじやま》に登ってみると
まさしくみすゞがたとえて誉めた
竜宮城がそこにはあった
みすゞ…金子みすゞ

忘れ物

北海道で幼年時代を過ごして
そこを離れて二十数年たったころ
なつかしい思い出の風景の中に
大事なものを忘れているように思えて
ある年の夏に行ってみる気になった
一つ目は一ノ橋という山の中の駅で
構内に電車が入っていくと
伐《き》り出した木材が山積みされていて
木の香りが構内中に漂っていた
二つ目は渚滑《しょこつ》という海辺の村で
山からオホーツク海に列車が出たとたん
磯《いそ》の香りが車内に吹きこんできた
私の忘れ物はこの木材と磯の香りだった

夏の乱

ある日田んぼの中道を歩いていたら
すぐそばの空中でスズメが鳴きながら
夢中になって飛びまわっていた
よく見ると一メートルも離れずに
灰色の蝶《ちょう》がしつこくスズメを追っていた
スズメが追いはらおうと右往左往するが
蝶はぴったりとスズメにくいさがる
蝶はかなり怒っているように見え
一方スズメは恐怖にかられたように
鳴きながら懸命に逃げまわった
そのあとスズメが一直線に逃げたら
蝶もあとを糸でつないだように
遅れもせずに追っていった

美しい一日

うららかな晩秋の昼下がり
小さな橋の下に水たまりがあって
幅一メートルくらいのだ円形をしていた
そこに十羽ほどのスズメたちがいて
水たまりのまわりに集まって
くつろいだ感じでチュンチュンやっていた
こちらからは逆光になっており
いくつかの黒いシルエットが長く伸びて
暖かくおだやかだった
家族だろうか友だちか
水面がまぶしく反射していた
私のことなどおかまいなしに
美しい秋の一日を楽しんでいた

始める

大きな仕事を成しとげるには
小さなことを積み重ねていくしかないと
イチロー選手が言った
小さなことでも十年続けるためには
よほど好きでなければできないだろう
また始める前はとりたてて
好きでなかったことでも
続けているうちに好きになることもある
もっと続けたくなったりもする
むしろそっちの方が多いかもしれない
でもそのためにはまず始めることだ
途中で方向転換することもある
それも始めたからこそ見えてくる道だ

地球

アフリカのサバンナで
雨季にできた大きな水たまりが
一メートルほどの深さで
湖のように広がっていた
ある快晴の日
空の色が透明な水面を青く染め
そこに一頭のキリンが現れ
水の中を長い脚でかきわけながら
ゆうゆうと渡っていった
目がくらむほど美しい世界
これが地球だ
動物や植物たちは
あるがままの地球を楽しんでいる

あせり

いくら強い横綱でもあせりは禁物《きんもつ》
あせると力を出せずに負けてしまう
それは相手と戦う前に
自分に負けてしまうから
自分に負けているときは
結局なにもできないということだ
どんな場面でも
落ち着いていられることが
考えたり覚えたりする前に
まず身につけたい心がまえだ
しかし、あせっているときは
あせってはいけないことを
つい忘れてしまうところが難しい

うっかりまちがい

問題をいくつも解いているうちに
うっかりまちがいが多いことに
あるとき気がついた
問題の意味を取りちがえたり
最後まで読まなかったり
そこでまちがえ方をチェックすると
いくつかのパターンがわかった
それらを一枚のカードにまとめ
テストの前に読んで
始まったらまず見落としそうな部分に
確認の線を引くようにした
すると勘違《かんちが》いが減ってきて
点数が目に見えて良くなった

法隆学問寺

境内《けいだい》に入ると
二十人ほどの若い集団がいて
いくつかのグループにわかれて
ガイドの練習を始めた
大学のサークルの人たちらしかった
私はグループの一つに近づいていった
でも彼らは私におかまいなしに
法隆寺の由来や聖徳太子について
熱心に説明している
境内のあちらこちらからも
青年たちの声が聞こえてくる
仰げば夏色の空に五重塔
季節が静かに流れていた

法隆寺五重塔

全重量を
大地にあずけ
千年を超える時間を
瞑想《めいそう》するかのように立っている
あおぎ見る者の心の中に
なにかずっしりと
覆《おお》いかぶさってくるものがある
静寂な世界なのだが
塔の上では風が吹いているようで
じっと耳を澄ましていると
甍《いらか》の四隅《よすみ》の風鐸《ふうたく》の音が
雪の結晶のように
キラキラキラキラと降ってきた

法隆寺の鐘

鐘楼《しょうろう》は隠れたところにあるので
鐘がつかれはじめると音をたよりに
その塀《へい》のそばに寄って聴いていると
ゴーンと重くてゆっくりとした音が響く
その音がしだいに小さくなり
さらに耳を澄ましていると
消えたあとのほんの数秒間
ビリビリビリと
古代の鋼《はがね》の振動音がかすかに残る
いにしえの祈りの音は
境内《けいだい》の木々にほのかにまとわりつき
大きな伽藍《がらん》の間を漂い
やがてまたもとの静けさに戻っていく

阿修羅《あしゅら》

奈良興福寺に八部衆の像がある
阿修羅以外の像はみな
浄土の鐘の音に動きをとめ
深く瞑想《めいそう》するようにたたずんでいる
しかし阿修羅だけは
浄土の最高神の帝釈天《たいしゃくてん》に
反抗して何度も戦いを挑み
そのたびにうち負かされ
悩み苦しみ、それを抱えたまま
天上の鐘の音に思わずたちどまり
ひじを張り合掌《がっしょう》し目をみはって
無明《むみょう》の闇の向こうに潜むものを
見ぬこうとしている

解　く

数学の問題を解く　ガンガン解く
まちがえたらその原因をつきとめる
同じ間違いを繰り返したりもする
それでもめげずに解いていく
解らない問題にぶつかる
そのときは例題の解き方を覚えて
その通りに練習問題で試してみる
こうして難問をクリアする
教科書が終わったら問題集にかかる
図書室の雑誌の問題なども解きまくる
するとある日突然なんでも解けるようになる
自由自在のパーフェクトの世界が開ける
こんな充実感を君も味わってみないか

千年の物語

源氏物語が書かれて
千年たつという
その間にどれだけ多くの人々が
この物語に読みふけったことだろう
人生の光と影を映しだし
人を愛することの意味を問い
究極《きゅうきょく》の才能と権力を得てもなお
人は幸福になれるとは限らないという
作者紫式部のメッセージ
長い歴史の中を生きてきた
物語にふれる機会を得られることと
また次の世代に読み継いでいくことの
幸せと重みに満ちた千年の物語

物を見る目

物事を上達させるためには
物を見る目がなくてはならない
だがやっかいなことに
それを身につけるためには
経験をたくさん積んで
多くの失敗にも耐えなくてはならない
そのようにして初めて
自分の周囲のできごとの理由や意味
さらに自分の進んでいく方向
そういったものが見えてくる
とてもめんどうで手間がかかるのだが
物が見えてくると
心の焦点が合い始めるのだ

自己流

将棋の藤井棋聖《きせい》の活躍がとまらない
彼の自己流に他の棋士たちがついていけない
幼いころから将棋を学び
これまで時間をかけ、工夫を重ねてきて
飽きることはなかったのだろう
彼のようには才能を発揮《はっき》できないとしても
自分が打ちこめて
続けても飽きないものをもつヒントは
この自己流にあるのではないか
自己流で押し通せるものを見つけると
飽きることなく向上心を持ち続けられる
続けることが苦にならず
楽しみに厚みが増していくのだろう

「この世界の片隅に」

登場人物がかわいくて
主人公のすずさんの笑顔が優しくて
瀬戸内海の風景が美しくおだやかで
そんな温かいアニメを描いてきたスタッフたちが
しだいに深刻になる食糧難を描きだし
すずさんは義理の姉の幼い娘を爆弾から守れず
自分は好きな絵を画いてきた右手首を失い
ついには実家のヒロシマに原爆を落とされ
後半では笑顔のすずさんを描けなくなった
録画して少女時代の天真爛漫《てんしんらんまん》なすずさんを
見ていたらむしょうに切なくなった
つまむしかないほど短くなった鉛筆を
大事に使うすずさんが心に残った

アジアの音色

アジアの十四か国の演奏家たちが
三十種類ほどの民族楽器を持ちよって
コンサートを開いた
縦笛や横笛、弦のついた楽器
革や金属の太鼓、木琴のような打楽器
どの楽器の音色も優しくやわらかく
そのすべての楽器の合奏を聴くと
すっかりいやされて嬉しくなった
アジアにはアジアの生活があるはず
お互いに無理を言わないで
弱い人たちを助けて
ゆっくりのんびり暮らしていく
そういう生き方もあると思った

アスリートである前に

テニスの大坂なおみさんが
「アスリートである前に黒人の女性」といった
つまりスポーツ選手である前に
自分は社会人だと主張しているのだ
社会の安定と自由なくしては何もできない
それを一部の人間だけに任せてはおけない
「自分一人が何を言ってもむだだ」
そう思いこまされているだけではないのか
「黙って人の言う通りにしていればいい」
どこかで聞いたことはないだろうか
民主主義は物事を主に多数決で決めていく
しかしそれは意志を持った人たちの集合であり
自分で考えないで誰かに任せた数ではない

小野篁《おののたかむら》

平安時代におもしろい人がいた
西暦八三六年に遣唐使《けんとうし》の副使として出港したが
台風で二度も遭難《そうなん》し、どの船も壊れた
それらの船を修理してふたたび出帆するとき
大使が損傷《そんしょう》の少ない篁の船に取りかえさせた
そんなばかなことはないと篁は腹を立て
病気と嘘をついて副使を辞退したら
仮病《けびょう》が嵯峨《さが》上皇に知られて隠岐に島流しにされた
そのときに詠んだといわれる和歌が
　わたの原八十島《やそしま》かけてこぎいでぬと
　　人には告げよあまのつり舟
篁は一年ほどで許されたが強情っぱりの彼は
それからも不正には黙っていなかった
『日本文学の歴史3』（角川書店）より

日本伝統工芸展

秋の季節の楽しみの一つ
この工芸展をテレビで観ること
陶器・漆器《しっき》・着物・彫刻・人形など
長い年月をかけて得た技術と発想のみごとさ
一つの作品のためにかけた
今という瞬間の膨大《ぼうだい》で緻密《ちみつ》な蓄積
自分の仕事を始める前に
それらの作品を鑑賞していると
繊細な技と美しい輝きに魅せられ
私もやる気がわいてきて
今日の仕事にどんな進展があるか
期待をこめながら取りかかる
そこからいい時間が生まれてくる

「英雄」

クラシック音楽と聞くと
近づきがたいかもしれない
しかし青春時代のうちに
ベートーベンの「英雄」は
聴いておいたらいいと思う
十代の自分がどう体感するか
とにかく一度聴いてみるといい
何かをしながらでもいい
今の時期は忙しい人もいるので
そういう人は落ち着いてからでも
若い時代の自分の感性に
ベートーベンがどう響くのか
試してみる価値は十分にある

義経《よしつね》（『鎌倉殿の十三人』）

これまで大河ドラマで描かれた義経と
今回のイメージが違いすぎて
初めは「なんだこの義経は」と思った
しかし物語が進むにつれて
その魅力に引きこまれていって
つい義経に感情移入してしまい
吉野山や安宅《あたか》の関、高館《たかだち》の弁慶《べんけい》の奮戦まで
どんな演出をしてくれるのかと期待したら
サラッと通り過ぎてしまい残念だった
あと四、五回は義経に出てほしかった
合戦をともに戦った坂東《ばんどう》の老武者たちが
酒の席で「義経は強かったなあ」と
しみじみと語りあう姿が心にしみた
　大河ドラマ…ＮＨＫテレビ

俳句

俳句は、「今」という時間を生きたという確かな証を残すいい手段だ。自分の句をあとで読み返すと、その句を詠んだときの情景が心によみがえってくる。

あわただしい毎日の日課に気を取られて生きている現代社会において、「今、この瞬間」を意識して過ごすことはなかなかない。俳句はその流れ星のように飛び去っていく「今」に意識を向けさせるいい芸術だと思う。

春の雪

木の陰に花びら舞いて家族連れ
小ぬか雨桜並木は静かなり
春寒《はるざむ》の風すがすがし帰り道
曇り空満開桜寒々と

赤いマスク

春寒や赤いマスクが団子《だんご》買う

春寒や枯れたススキに雀《すずめ》たち
桜咲き活気もどりて子ら走る
遠くよりウグイスの声光満つ

春の道

初春の夕陽染めたり影の富士
茜《あかね》色冷えこむ空に富士の影
人の世や卒業証書を書きなおす
からっ風小雀たちを吹き飛ばす
春の光富士に向かいて雲がゆく
冬物が重く感じる梅の花
西に富士秩父の峰々春がすみ
風もなく猫三匹が寝そべって
卒業生の子の合格の知らせさっそくに
川ぬるみ野鴨《のがも》撮らんとしのび足
川の面《も》に光あふれて南風
今日からは春に着がえて街をゆく

定年の局員さんそっとあいさつを

花

今年また枝にたわわな桜かな
帰り道遠まわりして花の下
卯《う》の花もツツジもあれど花見かな
花を愛《め》ずこれも人の世なればこそ
花の街浮かれ歩くや老いと子と
花の道にぎやかにゆく昼下がり
よい月も花の盛りに脇の役
公園にコノハナサクヤ花の宴《えん》
花花花ウグイスも鳴くぜいたくさ
花の枝飛びつくほどの重さかな
花盛り卯の花も咲きタンポポも
まっすぐの街路樹の花遠くまで
卯の花も桜も見ごろ花の街
花吹雪《ふぶき》花弁のなかを蝶二つ

その色もはかなさ誘う花日暮れ
花吹雪舞い散るなかの帰り道
花びらがすきまなきほど道を染め
通い道鴨が三羽前をゆく
つつじ咲きそっと手をやる人がいる

やあやあやあ
やあやあやあ青空の中ひばり啼《な》く
卯の花や黄金《きん》色の夕日沈むころ
乾田《かんでん》に風暖かくひばり啼く
曇り空連山霞みひばり啼く
右左かしましく啼く田のひばり
雲すべて富士に向かいて流れゆく
ウグイスのまだ啼いている小藪《やぶ》かな
蝶の群れまとわりついてペダルこぐ
楽園か土手の花たち風に揺れ
雨降るも庭のバラたち咲きはじめ

稲　穂

夏の空鳥の声にも力あり
遠くまで田の面《も》に映る夏の空
紫外線突き刺すほどの帰り道
ゴボゴボと水流れこむ光る田に
夏バテはしじみ佃煮《つくだに》しじみ汁
いちめんの田に命あり空の色
田園に命みなぎり雲の峰
いちめんの田にさざ波の稲の丈《たけ》
白蝶と並んで通るあぜの道
こんないい日があったか蝶の群れ
四方《よも》の田に空の景色も見えぬほど

梅　雨

梅雨入りや夕べの灯《あか》りともるころ
公園の緑あふれる梅雨晴れ間
熱風に億万の稲ゆるやかに

梅雨晴れ間二匹の子猫庭に来て
黒子猫背伸びをしたり遊んだり
黒子猫段差を枕に昼寝かな
ノアザミに渚滑《しょこつ》の牧場の匂いあり
カラス二つなすびの竿《さお》にとまりけり
水ようかん暑さしのぎの甘さかな
雨しきり田んぼの畔《あぜ》にカラス二羽
白い雲風吹きとおる街がある
稲若く赤とんぼはや浮かび初《そ》め
葉桜の下影道にかよう風

熱　風

木の陰もくっきりとした暑さかな
涼風が葉桜並木に通うころ
西行《さいぎょう》も木の下陰に涼むころ
熱風に稲の穂のびて白い雲
同窓会還暦《かんれき》の子らに宿題を

四十度逃げも隠れもできません
極《きわ》めつき朝はプールで午後昼寝
真夏日の生存かけて昼寝する
極楽《ごくらく》は無職無用の昼寝かな
猛暑日の工事現場の人の汗
真夏日も赤い夕陽でけりがつき
この年の暑さ対策は朝寝昼寝に夕方寝
蟬《せみ》たちが鳴きはじめたり街路樹に
熱風に信号待ちも木の下で
何もかもどうでもよくなる暑さかな

積乱雲《せきらんうん》
田の畔《あぜ》にトンボ一つを見つけたり
蟬しぐれ川で釣りする子どもたち
薄絹《うすぎぬ》を流すがごとき夏の雲
巨大なる夕日視界をさえぎりて
大空に積雲の艦隊流れゆく

ついに来た黄金巨大な積乱雲
ひまわりに夕映え巨大な積乱雲
猛暑日に公園の緑陰《みどりかげ》もなし
真夏日も雲の形と蟬しぐれ
木の陰と流れる雲と太陽と
雷雨後の夕方の空に二重虹《ふたえにじ》
雷の去ったあとにも蟬の声
綿菓子を崩してならぶ夏の雲
青トンボ二つまとわりつきて右左

雷鳴

虫の声はじめて聞いて残暑かな
残暑まだミンミンゼミの遠くから
赤とんぼ目の前をいく悠然《ゆうぜん》と
側溝《そっこう》の水も止まりて収穫期
田の空に嵐知らせる雲と風
強烈な雷鳴一発空を切る

秋

はっきりと秋の気配の今朝の雲
街路樹に風とおりぬけ蟬しぐれ
目の前を涼しと泳ぐ赤とんぼ
字を書いてわずかな冷気ただよいて
秋草に珍し熊蜂のご到来《とうらい》
稲実り川越線がわたりゆく
赤とんぼ収穫前の田の上を
赤とんぼ並んで通る田んぼ道
蟬鳴くも落ち葉散り敷く並木道
涼風がやっと吹きだし稲実る
田の上を青いトンボも飛びまわり
雀たち稲穂すれすれ滑空《かっくう》す
涼風や自転車漕ぐにも力あり
カラッ風田の上空にサギ数羽
稲穂実り真っ平らな緑遠くまで
休日に稲刈り機三つ活動す

雲流れ休みのたびに刈田《かりた》ふえ
予定なし勝手気ままなよき日なり

羊雲

りりりりと虫の音《ね》聞こゆ昼下がり
羊雲澄んだ大空流れゆく
大小の鳳《おおとり》雲が富士めざす
気清し積極的に生きるべし
いつまでも寝ていたくなる静けさよ
羊雲遠くの山を眺めたり
七割がた葉は落ちにけり並木道
西日優しこれぞ稀《まれ》なる秋の夕暮れ
稲刈り機ここを先途《せんど》と音高く
稲の穂も六割がたは刈り取られ

野《の》分《わき》

今日の日はこれ以上なき陽気なり

コスモスと雲一つない碧《あお》い空
風強し大型台風接近中
超台風過ぎさり今朝は晴れわたる
野分去り頭をかしぐコスモス群
野分去り道の小さな水たまり
とりどりの落ち葉のあとをこいでゆく
遠くまで土手のコスモス今盛り

鉛　筆

秋晴れや夕暮れ時もまた嬉し
秋の日や小学生の帰る道
暗雲天に満ち枯れ葉掃く
柿の実のたわわに実る通学路
鉛筆を削《けず》って香る部屋の秋

家　路

コスモスがまだ咲いている川の道

焼畑の煙まっすぐたちのぼる
秋の日にきらめきわたる雲の群れ

蒸しパン

枯れ葉舞い転がりゆくや午後の街
北の町の踏切の音まだ耳に
緑映え蒸しパンうまし秋の午後
落ち葉しき蒸しパンの味なつかしく
学生が追い越してゆく帰り道
秋の日に田の中道も輝けり
秋日暮れ遠くで雀の群れる声
川の辺に銀色映える薄《すすき》の穂
公園の木々はとりどり紅葉し

晩　秋

寒い雨桜並木も黒々と
富士の山赤い夜空に影高く

公園は赤と黄色とだいだいと
黄金色に大きな銀杏《いちょう》着飾りて
公園に小型テントの日曜日
晩秋や川のほとりに日傘あり
黄葉が落ちつくすほど地に敷きて
公園は玉入れ遊びの声しきり
初冬《はつふゆ》の陽だまりの公園家族連れ
風寒くイチョウの残り葉ちぢみけり
曇り日のあまりに静かな朝が明け
ジョーズとアヒルとＵＦＯの雲が西にゆく

冬《とう》至《じ》

霞みたる富士が望める冬至かな
朝霧や家並をかくす白い幕
寒風や秩父になびく茜雲
年暮れて電気毛布のなつかしさ
起きられぬ電気毛布の暖かさ

育児院

子ら去りて残りし子らの大晦日《おおみそか》
甘えん坊の一年生やっとお家《うち》に帰れる日
減らず口たたく坊やのたのもしさ
四月にはもうこないのと子がポツリ
腕相撲二人がかりも押しかえし
折り紙をたくさんくれて子が帰り

スイミング

体温を腕で計りし寒さかな
袖あげて計ってくれる若い人
なにごともなごむ心のこの夕べ

新　年

冬至すぎ空暖かく峰青し
公園に人影もなく時雨かな
春の雨玄関前に猫の跡

久しぶり霞かかりて白き富士
春近し電気毛布の邪魔なほど
白き富士かすかに見えて暖かく
玄関のナンテンを見てひげをそる
絶対のおなじ目線の梅の花

私の卒業証書

次の二つの文章は、一つ目が私の教員時代、学校を移ってすぐに三年生を受け持った、担任としては最後の学級の生徒の保護者の方からいただいたお手紙。二つ目の文章は教員として最後に受け持った国語の授業で書いてくれた中学二年生の男子の感想文。私が受け持ったすべての生徒たちの国語の授業の感想文が私の教員生活の卒業証書であり、その代表として掲載《けいさい》させていただきます。

保護者から

一年間たいへんお世話になりました。最初は正直申しまして、子供のこと（病気で入院したこと）知っている先生の方がよかったのに……、と思っておりましたが、一日一日と日が経過するにつれ、子供の表情に変化がみられ、少しずつ明るくなって参りました。そのころから、先生のすばらしさが見えてきたような気がします。毎日、発行の「サンサン」、これは、〇子にとり楽しみの一つ、又、自分の心の中のほんの一部ではありますが、みんなにアピールできたのではないでしょうか。

おとなしい子供ですので、自分の気持ちを皆につたえることがなかなかうまくいかない。子供にとってはとてもうれしい「サンサン」だったと思っています。それに先生は目立たない子供、おとなしい子供、弱い子供にも目をむけ、勉強や運動のできる子供だけを見ている先生では決してありませんでした。そのことにわたくしは親として感謝しています。高校受験では、お骨折りいただき、試験の日には雪の中を、足を運んでいただき、ありがとうございました。○子が元気になり学校を卒業できましたこと、そして高校にも人並みに行けること、先生に感謝してやみません。ほんとうにありがとうございました。

注 「サンサン」とは生徒の生活ノートに書いたことばや絵を使って、翌日、朝の会で配っていた学級通信。これは毎日続け、慣れてくると子供たちの情報交換の場にもなった。

中学二年生の高木貴洋君の国語の授業の感想文

本当に国語はつまらないと思っていました。今までは。だけど、先生がなんど言ってもきかないおれたちを、さいごまで面どうを見てくれてかんしゃしゃします。たまにやるだけでもちゃんとおしえてくれましたね。おれはこんなんだから、どうせ先生なんかも、おれなんかいない方がやりやすいんだろうなぁ……、とずっと思っていました。でも、先生からいろいろなことをおそわり、やっと気がつきました。人のせいにしてるだけで自分はなんもやろうとしてない。かわろうとしてないじゃん。それでいつもひとのせいにしてにげてました。おれはそんな自分がくやしくてくやしくてたまらなかったです。いざやろうとしてもまったくわからず、何回もあきらめそうになったけど、ぜったいノートだけでもとってやる。これは自分との勝ぶだと自分にいいきかせ、やることができてます。いまのところ。先生がいなくなっても、どんなじゅぎょうでもノートはぜったいとりつづけます。ほんとうに今までありがとうございました。

ＰＳ　本におれのことかいてね。名前だしてね。

国語の評価と授業

学習の基礎基本

学習の本質は、今の自分がどれだけ知識があって何が解けるのかにあるのではなくて、現在持っている知識と能力を使って、未知の問題に挑戦し続け、自分を日々向上させていくところにある。義務教育の初期段階では、生徒に基礎基本といって知識を覚えさせることが中心になりがちだが、同時にそこに未知の問題をみつけ、解決していこうとする習慣を身につけさせる指導もなくてはならないと思う。

授　業

授業中に教員が問題を説明している時に、生徒が予想しなかった答えを出すことがある。それが面白かったら、指導案から離れて先にその意見や質問に対応することもあった。生徒の発想を活かすチャンスと捉えていた。

そうすると教員も生徒も既定の指導案から離れて、そのあと授業がどういう展開になるかという緊張感と、考える楽しみを実感できる新鮮な場がそこに生まれてくる。

授業が進まなくなる恐れを危惧《きぐ》するかもしれないが、指導案を超えた生きた時間を教員も楽しめる。指導計画にとらわれ過ぎると考える楽しみを見過ごしてしまうことになる。

発明王のトーマス・エジソンは八歳の頃、自分の発想を授業中に次々に発言して教員を困らせ、退学させられたという。でも、そこでエジソン君の意見を少しでも取り上げて授業を進めていったら、小学生の初期の段階から科学の授業を始めることができたのではなかったか。予定したとおりの指導案よりエジソン君の発想の方がおもしろいと気づいていたら、エジソン君がその教員の宝物になったに違いない。

国語の評価の方法
―生徒の学習意欲を起こさせる評価―

生徒を悩ませるものの一つに通知票がある。私は授業を自由に学ばせる場にするために、まず、生徒の意識を成績から解放しようと思い、評価の内容をあらかじめ生徒に具体的に提示することにした。もちろん、授業中の生徒の活動も評価しなければならないが、授業での言動が評価に結びつくのではないかという疑心暗鬼から生徒を解放して、自由に活動できる環境の下で、生徒とともに課題の解決を楽しむ方が有意義だと思っていた。

生徒は授業が上記のように行われることを知ると、生徒同士でも自由に活動できるようになり、教員としては国語が苦手で授業にもなかなか参加できず、問題が解けなくて困っている生徒たちに多くのヒントを出すことを惜しまないようになる。生徒をつまらない競争意識から解放すれば、国語の授業が「考えること」を楽しみあえる自由な活動の場になる。

生徒たちに飽きさせない授業、やる気を起こさせる評価の仕方、それらを実践するために悪戦苦闘するのが教える側の仕事ではないだろうか。そして、そのような教員の姿を日々の授業で生徒に体感させることも一つの教育ではないか。


ここからは、生徒が誰でもいつでもやる気になればすぐに成績を上げられる身近な課題について、私なりに取り組んできた内容を紹介したい。それには私自身が実践してきた評価のための点数配分を例示するのが分かりやすいと思われるので、それを次にあげていく。

まず、各学期（四〜七月、九〜十二月、一〜三月）をそれぞれの学期で中間テストまで（前半）と期末テストまで（後半）の二部にわける。三学期は中間テストがないので一回になる。

その前半の段階での成績を具体的に数字にして生徒に知らせる。その時点で、成績が不本意だった生徒のやる気がすぐに実践に移せる、やればできるいくつかの課題を常に提供しておくようにした。このようなやり方を、一年間を通して繰り返していくことによって、日々の家庭学習も習慣づいてくるだろうと考えた。

学期の前半　中間テストまでの基本的な点数と評価

中間テスト　　　　１００点

俳句と漢字のテスト（毎週）　25点×約6回　約150点
ノート点検（家庭学習）　50点
全文書き取り（毎週）　10点×約6回　約60点
その他
前期合計　約360点

ここで各自が獲得した項目ごとのこれまでの点数を表にして、合計点と五段階の仮の評価も判定して生徒たちに知らせる。授業態度や挙手の回数など客観性に欠けるものは含めない。

成績票はコンピュータに入力した各自の点数表をプリントして見せて、そこまでの五段階の基準点も発表するようにした。

また、私の方が集計ミスしていた場合、例えば全文書き取りの一回分が点数に入ってなかったりしたとき、その生徒が作品を持ってきて証明して見せたりして、こんな復活折衝の場面も楽しめた。彼らはこの成績通知の日まで自分の漢字テストや全文書き取りのプリントを保存するようになった。

学期の後半　期末テストまでの基本的な評価の点数

前期とおなじ課題の継続　約360点
漢字百問テスト　100点

その他　　約４６０点
後期合計　　約８２０点
総合

最終的にこの総合点でその学期の五段階評価をする。

点数にこだわって生徒を数字でしめつけているように見えるかもしれないが、決してそうはならない。生徒がいつでもどこでもやる気になれば成績につながる身近な課題がはっきりしている仕組みになっているのだから。

中間評価を渡されたときに、

「あと〇点で一段階あげられたのに」

「〇を出しておけばよかった」

などと、後悔する生徒が何人も出てくる。そういう失敗を少しでも取り戻せる余裕があるうちに、自分の現状を知る機会が具体的に得られることは生徒にとってはわかりやすくていいことだ。中間で五段階評価をつけるときは少し厳しめにつける。そして、最終段階の評価の時はゆるめて、上の段階を多くする。そうするともう少しで成績が上がると思って努力した生徒が報われることになり、次の学期への励みにもなっていく。

次に、それぞれの課題の具体的な内容について説明する。

定期試験

漢　字

漢字は基本的には読みではなく書かせる問題にする。

10問×2点＝20点

教科書の何ページから何ページまでの漢字の中から10問出すとか、ついやりたくなるのだが、そのやり方では事前に学習してくる生徒はほとんどいないと思う。

「試験に出なかったとしてもいつかきっと役に立つから」

とか言ってはげましたりするが、他の教科もあるのだから、多くの生徒にはその時間がムダに見えてやる気が薄れてしまう。

出題する漢字は試験範囲を知らせるプリントなどで事前に教えておく。そうするとやる気になりさえすればみんなが20点取れるようになる。中には事前に教えられたから、かえって甘く見て前の日にちょっとやって覚えた気になって20点取れない生徒も出てくるが、一度失敗したら、次から考え方を改めるきっかけになる。

また、こういうやり方をしても覚えてこない生徒も出てくる。その対策として試験日の直前の授業で、

「今度の試験の漢字を覚えたかどうか、やってみようか」

と、1問ずつ私が出してノートに答えを書かせる。そうするとクラスの三分の一くらいの生

徒は覚えてきていて答えを書いていく。その姿をまだやっていない生徒たちが見てあわてる。そういうことをテストごとに繰り返していくと、覚えてくる生徒が増えてくる。10問という限られた漢字だけになるが、より多くの生徒がテストをきっかけにして確実に覚えたものが増えていく方が効率的だと思う。

このように定期試験を評価のためだけに使うのでなく、生徒の、「テストでいい点数を取りたい」という欲求を利用して覚えさせたり、学習の仕方を考えさせたりする機会にした方が生産的だ。定期テストもどちらかというと、生徒たちの学習意欲の向上に役に立たせることを目指してやってきた。

暗記物

暗記物でも、たとえば文法の品詞分類表を試験に出すときは、分類表のどこかに穴をあけて答えるようにすると予告する。しかし、それだけではやる気のない生徒はやらない。だから、右と同じように授業で練習させる。

古典や漢文

古典の歴史的仮名遣いの読みの問題や、漢文を書き下し文にする問題なども、これは同じ問題は出さないにしても、直前の授業でも練習させる。書き下し文の練習は数字を使ってその左側に返り点のレ点や一、二点をつけて並べかえさせることをやると、おもしろがってほとんどの生徒ができるようになる。

文章題

文章題は、説明的文章と文学的文章を1問ずつ。そのどちらかは授業で扱ったものにする。もう1問は、すべてを事前に知らせると、かえってつまらないと思う生徒も出てくるので、応用問題にする。

このように授業でも念を入れて試験の準備をさせると、平均点が70点くらいの結果になる。つまり、定期テストではあまり差がつかないことになる。そこで響いてくるのが日常の課題の点数だ。たとえばテストで予想以上の点数を取った生徒が、全文書き取りを二枚（20点）出さなかったりしたら、とても悔やむことになる。それが私のねらいだ。

俳句と漢字のテスト

俳句　1句　5点
漢字　10問　20点

これも生徒に点数を取らせるために行う。毎週、週の始めの授業で実施。約3分。

漢字だけではおもしろくないので、俳句を一つ覚えさせようと思い、入れることにしていた。1句覚えるだけで5点だから、よく覚えてくる。

漢字は当然、教科書に沿って出す。問題（俳句も含めて）は、あらかじめ出題するプリントを前の週に配っておく。

全文書き取り

これは、硬筆用の用紙を使って手本を作る。これも週の最初の授業で書く用紙とともに配って、その週の金曜日までに提出することにする。手本は多少苦労しても手書きがいい。作るのに苦労するが、人が書いた手書きの字を見る機会が今はほとんどないし、手書きの方が人間味を感じて子どもたちも取り組みやすくなる。

手本の文章は教科書や本の中から一部を抜きだして使っていた。

また、裏ワザとして、コンピュータで教科書体などの字で下書きを作り、それを教員が写して手本を作ることも有りかもしれない。

ノート

国語は縦書きなので（縦書きにこだわる必要もないかもしれないが）、大学ノートを上下二つの頁に分けて、上の頁を家庭学習の欄、下の頁を授業の欄にした。下の頁を授業の欄にしたのは、授業中、下の頁の方が書きやすいからだ。

家庭学習の欄は各自工夫を凝らして書いてくる。なかなかそうはいかない生徒は漢字練習にあてたりする。しかし、漢字練習だけで50点満点をつけたら、いくらたくさんやっても工夫がないからおかしいという意見も出てくる。だから45点ぐらいにおさえる。生徒も塾や部活があって忙しいだろうが、何をするにも工夫がなければ楽しめないことも教えたい。また、その中に授業内容についての意見や質問があれば返事を書く機会にもなる。

百問漢字テスト

この百問漢字テストも、成績をアップさせるための一つの手段として行う。あらかじめ出題する100問の漢字をプリントして生徒に渡しておく。「俳句と漢字のテスト」で出してきた教科書の漢字の継続で問題を作る。時期によっては入試によく出される漢字を資料集などから選んで実施した。これはかなり効果があった。

内訳は、訓読みの漢字が50問、熟語の漢字が50問。

学校の特色として「全校一斉漢字テスト」を掲げたりするが、生徒はテストと名が付くものが増えるのは基本的には嬉しくない。そのときは、たいてい問題も教えない実力テストになるので、100点の生徒が全校でせいぜい一人か二人しか出ない。小学校で習った漢字を50問とかいって易しくしたように見せたりするが、結局、事前の準備もなしにやるのではあまり意味がない。きちんと中学校で習う漢字を事前に配り、100点の生徒がクラスで五人も六人も出ていいではないか。99点で悔しがる生徒も、次回こそはと気合がはいる。そして、その漢字テストの点数も評価に入れるべきだ。

成績のつけ方

定期テストを重視するために、他の課題の点数は十分の一にして成績に加味する、などとすることがあるが、やればだれでもできる課題の方が定期テストよりも点数が取りやすいのだし、少しでも定期テストの点数を挽回《ばんかい》したい生徒のためにも、そのままの点数を成績に加えるべきだ。

従来の成績のつけ方は、なにかにつけて勉強ができる生徒のために考えられているといつも思っていた。できないで困っている生徒にとって優しくないのだ。定期試験がとにかく重要視され、落ちこぼれて困っている生徒には取りかえす機会がほとんど与えられないようになっている。だから学年が上がるほど勉強嫌いの生徒が増えてくる。

通知票が生徒の勉強嫌いを助長することになるとしたら、本末転倒の極みではないか。成績が思わしくなかった生徒が反省しても、成績回復の身近な手だてが与えられなかったら、どうやって学習する気になるだろうか。成績のおもわしくない生徒への対応策がはかられないことが、今の学校教育の大きな欠点だと思う。

学習ノート

最近、各教科とも「学習ノート」という市販された教材がよく使われているようだ。見ると、教科書の内容が実によく整理されていて、授業中は空欄の部分に語句を記入すればいいようになっている。きっと授業の能率をあげるためなのだろうが、みんな同じ場所に同じ答えを書いて、あとは先生の説明を聞いているだけでは味気ない。

大学ノートに各自自由に、中には絵入りにしたり吹きだしをいれたりする生徒がいた方が楽しいではないか。さらに、市販の「学習ノート」なるものは生徒から字を書く機会を大きく奪ってしまうことは間違いないし、個性を省くやり方は納得できない。そんな時間の節約など意味がない。

挙手重視で授業は破綻する

授業に活気があるかどうかを生徒の挙手によって評価する傾向は、ずいぶん昔からあって、きっと今でも変わらないのではないだろうか。テレビのコマーシャルなどでも、授業風景の場面では、子どもたちが一斉に手をあげて、みんな生き生きしているふうに見せたりする。でも、実際のところ問題を出して挙手をした生徒に答えさせるのが、クラスの生徒全体にとって有効なのかどうかよく考えなくてはならない。

挙手中心の授業は、一学期も終わりに近づく頃には手をあげる生徒がかなり限られてしまい、二学期の後半にはほんの二、三の生徒にしぼられ、その数人の生徒が答えることで授業が進み、ほかの生徒がどれだけ理解できたか、あるいは問題解決にどのように取り組んでいるのかなどわからなくなるばかりでなく、手をあげない多くの生徒は授業に飽きてしまう。

よく、授業中手をあげさせて、

「答えを間違えても恥ではないよ」

と言い聞かせる教員がいる。でも、子どもだって間違えて恥なんかかきたくないはずだ。たとえば同じクラスに好きな子がいて、その子の前で恥をかかせたらショックを受けてしまい、その教科を嫌いになり、恥をかかせた教員を恨むことにもなりかねない。だれでも恥はかきたくない。たとえ失敗したとしても、自分だけがこっそり気がつけばいいので、わざわざ級友の前で嫌な思いはしたくないのだ。

私は四十歳後半ころからこの挙手による授業を問題視してきた。なんとか恥をかかせずに、多くの生徒に、できれば学級の全員の生徒に、国語を好きにさせたい、そのためにはどうしたらいいのか、試行錯誤しながら取り組んできた。

そこで、授業中の問題のいくつかは生徒に答えをノートや配った紙に書かせて、見て回ってできている生徒を見つけ、その何人かに発表させるという方法を思いついた。そうすると、答えるのが一定の生徒に限られず、当てられた生徒も自信をもって発表できる。

これも継続していくと、私が回って行って見られることを期待している生徒も出てきた。中には国語が得意で答えたくて仕方がない生徒もいる。そういう生徒は用紙に意見などを書かせると用紙いっぱいに書いてくる。だから、多少不満が残っても達成感を持たせることができたと思う。

不意打ちの指名はやらないようにした。不安感を与えるのはよくないことだから。

また、わざわざ生徒に手をあげさせるために、だれでも教科書を見れば答えられる問題を出したりするやり方もあるが、それは生徒をかえって侮辱しているように思う。そんな問題に答えても何の達成感も得られない。そのような問題ばかりで授業を進めていっても、生徒たちは授業に乗ってこない。手をあげさせるための、上辺だけの方法はすぐに生徒に見やぶられ、飽きられてしまう。答えがいのある問題を工夫し、設定するのも教員の仕事だと思う。

範　読

文学的な文章は特に読み方が大事になる。一般的には生徒に読ませたりすることが多いのだが、私は文学作品などを授業でとりあげるときには自分が読んで聞かせることにしていた。『走れメロス』（太宰治）、『故郷』（魯迅）など、その他の作品も一字一句読み間違えないように練習した。メロスが王城に向かって疾走する様子など迫真の演技が求められる。もちろん読み方も速くなる。その走っている最中に「フィロストラトス」という舌をかみそうな名前が出てくるので、そこは重点的に練習した。

漢詩のときは自分で詩吟を聴かせたりした。初めはみんなくすくす笑ったりしたが、慣れてくると聴く姿勢ができて、次の時からは真剣に聞いてくれた。これも練習のたまものだ。よく、俳優などの朗読をＣＤで聞かせたりするが、いくら読み方が上手でも、生の臨場感には及ばない。コンサートはやはり生で聴かないと盛り上がらない。歌わないまでも、授業は教員によることばのコンサートの場ではないかと思っている。

試験問題の解き方

どういうわけか、公立学校では試験問題の解き方の訓練はしない。いったい何故なのか。知識を獲得しても、出された問題を正確に解答できるテクニックがなければ役に立たないと思う。全国学力テストなどでもあまり成果が表れないのは、問題の解き方に慣れていないせいもあるのではないか。私は、問題の解き方を身につけさせるのも学力の一部と考えている。問題には解き方のコツというものがあって、それを知っているかどうかによって大きな違いがでてくる。試験問題の解き方のパターンの訓練もして、力を出せる方法を身につけるのも学習の一部であることを生徒に認識させるべきだと思う。

漢字の学習

漢字の問題を出したときに、生徒は「この漢字はまだ習ってない」ということがある。でも、たとえ習ってなくても問題を出されたら答えなくてはならない。学校内のテストでは習った漢字の中から出されるようになっているから、習っていない漢字を見たら答える前に拒否反応を示すのだろう。

漢字は「へん」や「つくり」の中に読みや意味が隠れていることを知っていれば、習っていない漢字が出てきても、なんとか手がかりを探して解いていこうという粘りが生まれ、それを日常から習慣づけておけば、おのずと漢字に関する興味も湧いてくるだろう。

『星の王子さま』サン・テグジュペリ

新しく受け持つことになった学年の生徒には、四月の最初の授業で『星の王子さま』の前半の部分を話すことにしていた。

「私の国語の授業では『かんじんなことは目には見えない』ということを学びます」

と言って、これを目あてに一年間の授業を展開すると伝えることにしていた。

そして、その話の後半は三学期の最後の授業で、黒板に「王子さま」と「バラの花」と「羊の絵」を黒板に無数に描いてしめくくり、一年間の授業の感想を書かせて終わることにしていた。

私が黒板に向かって絵を描いているときの静まりかえって見ている生徒たちの雰囲気は、今も背中に残っている。

古典の授業『義経記《ぎけいき》』（日本古典文学全集　梶原正昭《かじわらまさあき》訳　小学館）

教科書で取り上げられる古典というと、『竹取物語』『徒然草《つれづれぐさ》』『枕草子』『奥の細道』『平家物語』などが定番だが、生徒が喜ぶのは『義経記』だ。これは『奥の細道』の授業の中で教えることにしていた。

まず『平家物語』で語られる合戦の大筋を話してから、腰越《こしごえ》で鎌倉に入ることを拒絶された義経一行が京都に戻り、頼朝が送った刺客を迎え撃ち、京都を脱出し、吉野山で静御前《しずかごぜん》と今生の別れをするところまでを語る。さらに「勧進帳」のＤＶＤで「弁慶の飛び六法」を見せ、最後に高館《たかだち》で弁慶が立ち往生するところまで、原文をプリントにして配り、読み語りをしていくと生徒がのめりこんでくる。人生をかけても惜しくない義経という人に出会い、最善を尽くして守り通そうとした弁慶の知恵と強さ、幸福感、いさぎよさが生徒の心にダイレクトに響いていく。

卒業して三十年もたったあとの同窓会でも『義経記』の話題が出るほど生徒の心に残る。多くの生徒が義経と弁慶主従の絆《きずな》に感動したと感想文に書いてくる。

教科書には掲載されることはこれからもないだろうが、古典を読んで生徒がその内容にのめりこむ経験をさせることができれば、それが一番の古典教育になるのではないだろうか。古典を読んで血沸き肉躍る経験ができれば、古典への抵抗感も少しは解消されるだろう。

私の大学の国語科教育法の先生から

大学四年生の国語科教育法を教えていただいた先生は、国文学の益田勝実先生だった。その先生から、

「世間話をしなさい。投げこみ教材（自作の教材）も使いなさい」

と教えていただいていたので、私自身の、人生で心に響いた教材をプリントして、いくつか授業に取りいれた。世間話も初めの五分くらいを使ってよく話した。

世間話は自分の経験談やニュースで知った情報についての意見など、心に響いたときには話すようにした。一人の大人が現代社会の出来事をどんなふうに見ているのか、それは生徒の知りたがる生きた情報の一つになるだろう。もちろん、政治的な話は気をつけなければならないが……。

もう一つ、私が守り通したのは、

「自分のことを先生と言うのはやめなさい。先生というのは敬語なんだから。僕や私でいいのです」

という教えだ。私は自分のことを「先生」と一度も言わなかった。生徒は気がつかなかっただろう。でも、これが生徒の心に近づくことができた要因の一つになったと思う。

あるテレビ番組で教員になりたての若い人が、

「初めは自分のことを先生と言うのに抵抗がありましたが、最近、やっと慣れました」

と話していた。抵抗があるならやらない。そこから出発しないと生きた教育は始まらない。

益田 勝実（ますだ かつみ）
一九二三年（大正一二）―二〇一〇年（平成二十二）二月六日。国文学者。『記紀歌謡 日本詩人選(1)』『説話文学と絵巻』『国語教育論文集』『秘儀の島 日本の神話的想像力』『火山列島の思想』『古事記 古典を読む』など。

学校に来たら

私は生徒がせっかく朝早くから、重いカバンを背負って登校してくるのだから、何か一ついいことを教えて帰そうと自分に言い聞かせてきた。
「今日も楽しかった。学校に来てよかった」
と思わせるためのちょっとした授業の工夫は、教員自身の楽しみにもなっていく。

座 席

座席は教壇から離れれば離れるほど、生徒の授業への関心の度合や集中力が遠ざかっていくと感じていた。同じことばでも伝わり方が距離によって弱まっていくと思った。

しかし、三十数人を同じ位置に座らせることはできないので、せめて一時間の授業のうち最低一度は教室を一回り、二回りして見て回る課題を出すようにした。できていない生徒や手もつけられないでいる生徒には答え方を教えるようにした。こっそりその生徒だけに教えるふりをしながら、周りの生徒にも聞こえるように話した。顔には出さないが、わからないでいる生徒はほかにもいるに違いないので、その生徒たちも私の解説を聞いてノートに書きこむ鉛筆の音が、あちらこちらから聞こえてきた。

夕暮れ時に明かりの見えない我が家

あるとき、二人の女子生徒が教室で、

「家に帰ったとき、家に明かりがついてないとさびしいよね」

と言ったら、もう一人の子が、

「そうだよね」

とうなずいていた。家庭の事情でそうもいっておられないかもしれないけれど、でも、これが生徒の本音だろう。家族が帰りを待っていてくれて、「お帰り」のことばを聞くだけでもホッとするのではないか。これも日々のささやかながら安心と幸せを感じる瞬間の一つだと思う。

夕暮れ時に明かりの見えない家に、黙ってカギをあけて玄関に入って行くときの空しさは、学生時代の私自身も身に染みて経験していたので、この生徒たちの会話を、二十数年たった今も忘れないのは私がいたく共感したからだった。

おわりに

私自身、もう少し早く玄奘法師の「涅槃」に出会っていたら、これまでの生き方ももっとましな方に向いていたのではないかと後悔しています。

そんな自分の人生の中でも、

「一般的には定着しているように見える学説（かなりおおげさですが）でも、自分はどうも納得いかない」

と思った課題をあきらめないで考え続け、時間がたって自分なりに納得できる考え方に逢着したいくつかの経験、これが私の自信になりました。

そのきっかけになった疑問の一つは、高校時代の古典の授業で柿本人麻呂の、

東《ひむがし》の野に炎《かぎろひ》の立つ見えてかへり見すれば月傾《かたぶ》きぬ

の和歌を、

「これは実に雄大な風景の歌だ」

と教えられたことにありました。この和歌がどこがどういうふうに雄大な風景に見えるのか、どうしても納得がいかなかったのです。その時先生にその疑問を質《ただ》そうとしなかったのは、と

かく先生の説明は何でも正しくて、勉強もしないでいつもひねくれた考え方をしてきた自分の方がまちがっている、という先入観が習慣づいていたからでした。そのあといくつかの解説書を読んでもこれと同じような説明だったので、わたしの疑問の晴らしようもなく、なんとなく、

「そうじゃないだろう」

と、そのままでいたら、それから二十年ほどたったころでしたか、『人麻呂の暗号』（藤村由加　新潮文庫）の本に出会い、その解説を読むとこの和歌は風景などを詠んでいたのではなく、早世した草壁皇子がよくでかけた狩り場に、柿本人麻呂が皇子をしのんで皇子の子（のちの文武天皇）を連れてでかけたとき、二人が同時に皇子の幻を見たという内容だと知って、

「そうか。それなら納得できる」

と、長年のもやもやしていた気持ちを、やっと晴らすことができました。

「これからも自分の中で生まれた疑問を大事にしていくことにしよう」

と、自分に一つの自信を植えつけることができたことは、そのあとの人生観を変える大きな転機になりました。私のここに書いてきた作品のどれもが、この経験が契機となったと思っています。そういう意味で『人麻呂の暗号』は、自分の人生を導いてくれたありがたい書物の中の一冊になりました。

参考資料

『雁塔聖教序《がんとうしょうぎょうじょ》　褚遂良《ちょすいりょう》』シリーズ―書の古典―　中野遵　編　天来書院
『「般若心経」を読む』紀野一義　講談社現代新書
『世界教養全集』「般若心経講義」高神覚昇　平凡社
『日本の古典　11　和泉式部・西行・定家』宮　柊二　河出書房新社
『日本の歴史6　武士の登場』竹内理三　中央公論社
『國文學「時間の地平の中の西行」古歌を読む』第二九巻二号　辻　邦生　學燈社
『西行花伝』辻　邦生　新潮文庫　一九九五年
『西行全歌集』久保田淳・吉野朋美　校注　岩波文庫
『西行』風巻景次郎　やまとうたeブックス　二〇一六年
『西行と兼好』風巻景次郎　角川選書
『思想読本』「西行」目崎徳衛　編　法蔵館
『故郷』魯迅　「魯迅文集第一巻」竹内好　訳　ちくま文庫
『世界の歴史　13　帝国主義の時代』中山治一　編　中央公論社
『新潮日本文学35』（走れメロス）太宰治　新潮社

『日本史要覧』芳賀幸四郎 監修　文英堂
『ちくま日本文学003　宮沢賢治』宮沢賢治　筑摩書房　二〇〇七年
『山椒魚』井伏鱒二　新潮社
『草野心平詩集』草野心平　創元社
『日本の詩歌』21　金子光晴・吉田一穂・村野四郎・草野心平　中央公論新社
『日本古典文學大系5』『萬葉集』巻二　高木市之助・五味智英・大野晋 校注　岩波書店
『日本の歴史2』「古代国家の成立」直木孝次郎　中央公論社
『みだれ髪』与謝野晶子　角川文庫

著者プロフィール

小室 敏夫（こむろ としお）

昭和22年5月、宮崎県都城市生まれ。
現在、埼玉県川越市に在住。

〔著書〕
『平成動物おとぎ話集 らりほうとまあや』（2006年、文芸社）
『文学鑑賞 すごい』（2007年、文芸社）
いずれも川幡啓太名義

玄奘法師のメッセージ

2023年12月15日　初版第1刷発行

著　者　小室 敏夫
発行者　瓜谷 綱延
発行所　株式会社文芸社
〒160-0022　東京都新宿区新宿1－10－1
電話　03-5369-3060（代表）
03-5369-2299（販売）

印刷所　株式会社フクイン

ISBN978-4-286-24740-3